テルテル坊主の奇妙な過去帳

江崎双六

SKYHIGH文庫

目次

人物紹介

石川典弘（いしかわてんこう）

天巌寺で住み込みで修行をしている少年。中学二年生。真面目でいつも照玄にからかわれている。

輝沼照玄（てるぬましょうげん）

天巌寺《てんがんじ》第三十五代目住職。39歳独身。破天荒な性格の大和尚。鋭い観察眼を持つが寝起きは悪い。

ダイコク

天巌寺の境内に住み着く黒猫。推定年齢16歳。

【イラスト】Minoru

五十嵐真人（いがらしまひと）
照玄と同級生の所轄の刑事。39歳、妻子持ち。今回の事件で照玄と久々に再会する。
安田美香（やすだみか）
祖母の葬儀を天巌寺に依頼してきた女性。25歳。自然保護団体の仕事をしている。
滝沢柚希（たきざわゆずき）
五十嵐の部下の新人刑事。24歳。活発な性格。

テルテル坊主の奇妙な過去帳

プロローグ

　もうすぐ九月になるというのに、秋の足音はまだまだ聞こえてこなかった。東北地方の山間にも拘わらず未だに猛暑が続いている。地に降り注ぐ紫外線は、肌に突き刺さるように強く、季節が一ヶ月ほど逆戻りしたような錯覚にさえ陥《おちい》ってしまう。

　そんな、鋭い晩夏の日射しを切り裂くように、一匹の黒猫が石川典弘《いしかわてんこう》のすぐ目の前を横切った。

　朝から見る光景としては、普通だったらどこか不吉な感じがするものだが、この猫に関していえばそうではない。ほぼ毎朝、顔を合わせているため典弘にとってはすっかり見馴れたものになっていた。

　あちらもそう思っているのか、人の姿を見ても一切警戒する素振りは見せてこない。それどころか、顎《あご》を持ち上げ長いしっぽをピンと立てながら悠々と歩くその姿は、掃き掃除をする典弘のことをあきらかに馬鹿《ばか》にしたものだった。

　黒猫の名前は【ダイコク】。このお寺の境内《けいだい》に、長いこと住み着いているヌシのような存在だ。檀家《だんか》さんの話によれば、どうやら最低でも十五年くらいはここにいるらしい。猫で十五年ということは人間でいえば八十歳近く。結構な老猫になる。一方、典弘の年齢はまだ十四歳。のちに実家の寺を継ぐにあたり、ここ天厳寺《てんがんじ》に修行に来てからまだ一ヶ月しか経《た》っていない。剃髪《ていはつ》した頭もまだ青い新米修行僧だった。

つまり、年齢的にもここでの滞在期間的にも私の方が先輩だぞ……まるで、そう言っているかのように、ダイコクはふてぶてしく道端に寝ころんだ。

よりにもよって、典弘がこれから掃こうとしている場所に。

「ねえダイコク、どいてくれない?」

声をかけたものの、案の定、聞いてはくれなかった。それどころか、わき腹を丁寧に舐めて毛繕いを始めている。

「ねえってば、そこにいたら掃けないでしょうがっ」

今度はもう少し声を張ってみると、ダイコクはちらりと目線を向けてしっぽを左右に振った。答えは、『ノー』だ。全く動いてはくれなかった。

足を伸ばしてあくびをするダイコクに、典弘は鼻から大きく息を吐くと作務衣《さむえ》の袖《そで》を捲《まく》りあげた。こうなったら強制的にどいてもらうしか方法はない。掃き掃除が出来なければ自分が怒られてしまうのだ。持っていた竹ぼうきを逆さにし、ダイコクに向かって構えた。

大きく払うように横一閃——。

勿論《もちろん》ただの脅しだ。本気で当てようとは思っていなかったため、ダイコクのすぐ上を竹ぼうきが通過していく。

それでもダイコクは動かない。老《お》いて反応が鈍いのか、それとも当てるつもりがないことを見透かしてなのか、憎たらしく「マー」と一言声をあげた。

「ふーん。あっそう」

そっちがその気なら、僕だってやってやる……そう思い、典弘が再び竹ぼうきを構えたときだった。

「おや？　典弘さん、掃き掃除かい？　ご苦労様だね」

突然、背後から声が聞こえ、典弘は慌《あわ》てて竹ぼうきを持ち直した。

振り向くと、いつもお寺の手伝いをしてくれる総代《そうだい》さんが立っていた。腰を曲げ、白髪を後ろで一つに束ねた彼女の手には水桶が持たれている。

総代さんというのは、お寺の檀家さんたちをとりまとめる、いわゆる代表を指す呼び名になるのだが、この方の場合はそれだけじゃない。ほぼ毎日と言っていいほど天厳寺に通い、奉仕の一環として電話番などもこなしてくれる、ある意味、仏様のようなありがたい方だった。

もうすぐ八十歳になるはずだが、そのわりにシミも少なく肌艶もいい。気品あふれる昭和のおばあちゃんというのが典弘が彼女に感じた第一印象だった。

「トヨさんこそ、水まきですか？　いつもすみません」

「いやいや、これも日課のうちだからねぇ。やらないと、かえって気持ちが悪いもんさ」

曲がった腰をのばし、砂利《じゃり》の敷かれた境内を一望すると、トヨは水桶を地べたに置いた。

「それにしても、こんなところでダイコクが毛繕いなんてね」

「そうなんですよ。おかげで掃き掃除が出来なくて困ってます」

「猫とはそんなものさ。自由気ままで良いじゃないか」

おぉ、よしよし……と、トヨは寝ころぶダイコクの顎を撫《な》でた。気持ちよさそうに目を瞑《つむ》り、ゴロゴロと喉を鳴らしている。そんな顔を典弘は見たことがない。それがどこか憎たらしくも思えた。

「それよりも、何も起きなきゃいいんだけどねぇ」

そう言って、彼女は意味深に空を見上げた。さっきまで晴れていた空にうっすらと雲が掛かっている。今にも雨が降りそうな、どんよりとしたネズミ色を帯びていた。

「何も起きなきゃいいって……どうしてですか？」

「そうか、典弘さんは知らないのか。この子はね、どうしてだか奇妙な力を持っていてね」

「ダイコクがですか？」

目を細めて、典弘は寝ころぶダイコクを一瞥《いちべつ》した。老猫には珍しいほど毛艶はいいが、特別変わった猫には思えない。

「この子が境内で毛繕いをすると、決まって不幸の知らせが来たりするのさ。まるで、死者の魂を迎えるために身なりを整えているかのようにね」

思わず、竹ぼうきを落としそうになった。いくら、お寺に住み着いている猫だとはいえ、境内で毛繕いをしたら不幸の知らせが来るなど信じられる訳がない。

冗談ですよね？　と、言おうとしたのだが、彼女の真剣な表情に思わず言葉を飲み込んだ。

「ちょっと様子を見てくるよ。悪いけど、水桶を戻しておいてくれるかい？」

「はい。それは構いませんけど」

「それじゃお願いね」と、トヨは母屋《おもや》に向かって歩きだした。

天巌寺は、本堂と母屋が細長い廊下で繋《つな》がっている。主に、受付や来客、お手洗いの際には応接室もある母屋に上がってもらうのだが、彼女が向かったのは別の理由だろう。母屋には黒い電話が設置されている。今時少なくなったダイヤル式の古い電話だ。天巌寺の番号が設定された唯一の電話がそれになる。つまり、誰かに不幸があった際にはその黒い電話が鳴るのだ。

水まきをやめてまで戻ることはないだろうに……と、思いながらも気になった典弘は急いで竹ぼうきと水桶を戻すと、追いかけるように母屋に向かって走りだした。

引き戸を開けて中を覗くと、すでにトヨは座布団を敷き、電話の前に座り込んでいる。真面目《まじめ》だなぁ……と、半分呆《あき》れながら掃除の続きをしようと引き戸を閉めかけたときだった。

ジリリ、と音が鳴り響いた。

聞き間違えようのないベルの音は、まさしく黒い電話から鳴っている。典弘は、信じられない気持ちで踵《きびす》を返すと、トヨの横に飛んでいった。

「やはり来おったの」

黒い電話に向かって一度、両手を合わせると、トヨはゆっくりと受話器を持ち上げた。

「はい、天厳寺です……はい。ええ……」眉尻を下げ、時おり頷《うなず》きながらトヨは手元の用紙に何やらメモを取っている。

「そうですか、わかりました。では、方丈《ほうじょう》に伝えておきますので、後ほど連絡させていただきます……ええ」

〝方丈に伝える〟と、発言したということは、やはり葬儀の知らせになるのだろう。

方丈とは、その寺の住職を指す。とある僧侶が、一丈四方……四畳半に住んでいたという語源によるものなのだが、実際に一丈四方の住居で暮らす住職はいないだろう。その住職から掛け直す用といえば、やはり葬儀の段取りが一番多い。受話器を置く彼女に、典弘は思わず息を呑んだ。

「二丁目の安田《やすだ》さんとこのお婆《ばあ》ちゃん、亡くなったんだって。最近まで元気そうだったのに」

そう言って、彼女は目尻を指で拭《ぬぐ》った。安田さんといえば、トヨと同じくらいの年齢だった気がする。つい先日、お墓参りに来ていたところを典弘自身も見かけていた。そのときは確かに元気そうだった。

「すまないけど、テルちゃんにこのことを伝えてくれるかい？　わたしゃ、皆に連絡しないといけないからさ。本当、急で信じられないよ」

「わかりました」と、小さく頷いたが、正直、典弘の方が動揺を隠せなかった。修行に来て初めての葬儀の知らせが、まさかこんな形で来るとは思ってもみなかった。奇妙すぎて身震いすら起きてくる。不思議なことがあるものだ、と。

だが、この奇妙な出来事はそれだけにとどまらなかった。このダイコクの毛繕いがきっかけで、このあと思いもよらぬ事件に巻き込まれることになるとは……。

このとき、典弘はまだ知るよしもなかった。

第一章　テルテル坊主

1

午前七時。

トヨの伝言を住職に伝えるため、お盆におしぼりを載せて典弘は長い廊下を歩きだした。

なぜか無性に緊張する。葬儀の連絡をするのが初めてということもあるがそれだけではない。ここの住職に会うこと自体が緊張の元になるのだ。

天厳寺第三十五代目住職、輝沼照玄《てるぬましょうげん》。先ほど、トヨが『テルちゃん』と呼んでいたのがそう。鎌倉時代から続く、由緒正しき天厳寺を継ぐ大和尚になる。親しみを込めてか、はたまた皮肉を込めてか……一部の人から、名字と名前の頭をとって『テルテル坊主』などとも呼ばれている。

そんな住職に会うのがなぜ緊張するかというと、それはこの時間帯だからだ。

午前七時という、早くもなく遅くもないこの時間帯は正直言って微妙だった。何が？と、問われれば答えは一つ。それは、照玄和尚が起きているかどうか……だ。

世間一般的には、和尚さんは早起きというイメージがあるかもしれないが、実はそうではない。確かに行事がある場合は必然的に早起きになるのだが、その他の場合は大抵この時間まで寝ていたりする。

朝早くから鐘を鳴らしたり、境内の掃除をしたりするのは小坊主の仕事なのだ。特別なにもなければ、毎日、交代で朝の七時半に照玄の寝室に出向いて朝の挨拶をするのだが、生憎《あいにく》今日はその特別が起きてしまったため、典弘が起こしに行かなければならない。

照玄和尚は、寝起きが悪いことで有名だった。ついこの間なんかは、一人の修行僧が彼を起こしに行ったところ、寝言を呟《つぶや》きながら喝《かつ》を入れられたらしい。しかも、グーで。そんな話を聞いたら嫌でも緊張するというものだ。

彼について話すべき点はそれだけじゃない。いや、正直話し始めるときりがないくらい、とにかく普通という言葉が不釣り合いな方だった。

この寝室の扉にしてもそうだ。まるで宮殿のような重厚感あふれる、えんじ色の扉には金の装飾が施されている。周りは当然、和風なのだが、ここだけ洋風というアンバランスな造りだった。そもそも、お寺の住職なのだから建前だけでも質素にいくべきではないのだろうか、とさえ思ってしまう。

だが、当然そんなことを言える立場にないため、典弘は小さくため息を吐《つ》いて扉を叩いた。

「和尚、照玄和尚っ、典弘です。お伺いよろしいでしょうか？」

返事はなかった。扉に耳をあててみたが、中の音は一切聞こえてこない。再度、扉を叩いても返事がなかったため、「失礼します」と声をあげて恐る恐る扉を開いた。

その瞬間、冷たい空気が頬《ほお》にふれた。クーラーがしっかりと効いている。思わず、「わぁ」と声をあげた。

今まで、暑いなか作業をしていた典弘にとっては天国のような部屋だった。全く何が方丈だ。四畳半どころか、ここの広さは十五畳はあるだろう。しかも、部屋の中は全て洋風の家具で統一されている。アンティークと思われる棚やテーブル。更にはキングサイズのベッドが置かれていた。

そんな個人的趣味が多様に盛られた部屋に照玄和尚は寝ているのだ。誰が見ても贅沢《ぜいたく》だと口を揃えて言うだろう。とてもじゃないが、檀家さんには見せられない世界がそこにある。

最初に見たときは呆気にとられたが今ではさほど驚かない。事実、偉い立場にいるのだからこんなものか……と、言いきかせるように納得した自分がいた。

それよりも、問題なのがあのベッド。掛け布団が人の形に盛り上がっている。聞き耳を立てると、うっすらとイビキをかいていた。やっぱり彼はまだ起きていない。むしろ熟睡感が満載だった。

あぁ……と、落胆の息を吐いた。このまま起こすとなると、どうしても喝を入れられるイメージしかわいてこない。

「全く、七時なんて早くないんだから起きててくださいよ。もう、なまぐさなんだから」

ボソリと、心の声をもらしたときだった。

「だぁれが、なまぐさ坊主だ？」

突然、背後から声が聞こえ、典弘は持っていたお盆を床に落とした。それと同時に全身の毛穴が開《ひら》く。

この声は……。

止まりかけのブリキのおもちゃみたいにゆっくりと振り向くと、作務衣を纏《まと》って腕を組む男性の姿が目に入った。

見た目は三十代前半。細身ながらも肉付きのいい体格をしたその男は、鬚《ひげ》を生やし長い髪を後ろで一つに縛り上げている。その風貌《ふうぼう》は、まるでどこか戦国武将のようだ。

「しょ、照玄和尚……どうして？」

ベッドと彼を交互に眺めた。今も尚、ベッドの膨らみはあり、そこからイビキが聞こえているのだ。目をぱちくりさせる典弘に、照玄は「あぁ、あれか？」と、口角を持ち上げた。

「自分で確認してみるがいい」

顎でベッドを示《しめ》され、言われた通りに掛け布団を引きはがすと、そこにあったのは、黒猫のイラストが描かれた細長い抱き枕だった。よく見ると口の辺りに穴があいており、そこからイビキ音が流れている。

「音声録音機能付き最新型抱き枕だよ。どうだ、良い代物だろう?」

どうだ? と聞かれても何が良いのかさっぱり理解出来ない。そもそも、なぜ抱き枕に録音機能が付けられているのか、その製作者の意図もわかりかねる。

反応に困り、典弘はとりあえず「そうですね」とだけ返した。

「侵入者に、寝込みを襲われたときのことを想定して設置してみたのだよ。お主を見る限りどうやら成功したようだな」

そう言って、彼はどこか満足そうに顎鬚をなぞっていた。

相変わらず考えていることが理解出来ない。そんなシーンがある訳ないでしょう? と、突っ込みたかったが、それを言ってしまったら面倒なことになりかねない。黙って、落としたお盆を拾い上げた。

「すみません。今、新しいおしぼりをお持ちします」

「もう良い。なまぐさ坊主にはこれで充分だ」

床に落としたおしぼりを掴《つか》むと、彼はそのまま顔を拭き始めた。

「あっ、いえ……それは違くて、その……」

「別にそんなことは気にしていない。私は大人だからな」

「本当、すみません。あの……その……」

しどろもどろになる典弘に、照玄和尚は手のひらを向けて無言で言い訳を遮《さえぎ》った。ピシャリと相手を制止するときに、よく彼がする仕草でもある。こうされると、言葉がない分された側も黙るしかない。照玄和尚は、抱き枕を乱雑に避《よ》けてベッドの上に腰をおろした。

「それよりも、まだ七時だ。いつもより早いということは、何か用があって来たのだろう？」

本当に怒っていないのか照玄和尚の顔は穏やかだった。それはそれで不気味なのだが、水に流そうとしてくれている折角の好意を受け取らない手はない。典弘は、最後にもう一度だけ謝罪の言葉を述べて、「実は……」と切りだした。

先ほどトヨが葬儀の知らせを受け、折り返し連絡する手筈《てはず》になったこと。そして、亡くなられたのが安田家のお婆ちゃんであることを告げると、彼の眉が吊《つ》り上がった。

「安田さん？　それは妙だな。あれだけ元気そうだったのに。何かの事故か？」

「すみません、そこまでは」

「そうか」と照玄は頷くと、おもむろに立ち上がった。

「では、一度連絡して自宅に伺うことにしよう。典弘、お主もついてきなさい」

「えっ、僕がですか？」

「そうだ。良い勉強になるではないか。それとも、ついてくるのに何か問題でもあるのかね？」

いえ……と、典弘は慌てて顔の前で手を振った。

檀家さんと話すことはあっても、自宅に出向くのは初めてのこと。しかも、いきなり照玄和尚と一緒に出向くことになるとは思ってもみず、一気に身体《からだ》がこわばった。

「では、私は着替える。三十分後に本堂の前に来なさい」

「すぐに出られるのですか？」

「そうだ。あまりお待たせしても遺族の方に失礼になるだろう？」

「ですが、そうなりますとお勤《つと》めの時間と被ってしまうのですが、僕はどうすれば……」

修行僧の一日は全て時間ごとにやることが決められている。朝の作務《さむ》と呼ばれる掃除のあとには、日中諷経《にっちゅうふぎん》と呼ばれるお勤めを行《おこな》うことになっていた。

修行僧全員が本堂に集まり、供養のための経《きょう》をあげなければならない。そのことは当然、照玄和尚も知っているのだが、彼は「大丈夫だ」と手を振った。

「先ほど、抱き枕を見抜けなかったお主は修行が足りん。その分を含めて、後でたっぷりと勧めてもらうから安心しなさい。そう……たっぷりとな」

では準備しなさい、と照玄和尚は戸棚を開いて背を向けた。その顔はどこか楽しそうで、まるで悪戯《いたずら》を企む少年のようだった。一体、何をさせられるのか、後のことを考えただけで身震いがする。

何が大人だから気にしていない……だ。しっかり気にしているじゃないか。

部屋を出て、典弘は自分の失態に肩を落とした。

2

午前八時半。

間もなく日中諷経が始まろうとしていた。およそ十五名の修行僧が本堂に集まり、三列になって畳の上に座っていく。このとき、本堂の正面扉は解放されているため、その様子を外から眺めることが出来る。そこに座る面々は、まだ初々しい小坊主もいれば結構なお年の方など、その年齢層は幅広い。はたから見て、勢ぞろいした修行僧の坐禅《ざぜん》姿は見応えがあった。

そんな中、典弘は本堂の外にいる。なぜアイツは、あんなところに突っ立っているのだ？ と、皆は思っているに違いない。時おり向けられる視線が痛かった。

三十分後に本堂で、との指示だったはずだが、あれから一時間以上が経っている。まだ照玄和尚の姿は見えない。こんなに待たされるのであれば、慌てて準備することもなかったじゃないか……と、典弘は抱えた鞄を覗き込んだ。

中には、供養のための仏具がいくつか入っている。その中に、ちゃんと過去帳《かこちょう》が入っているかを再度確認した。

過去帳とは、亡くなられた方の戒名《かいみょう》や命日などを管理する台帳のことで、葬儀の準備をするために必要な仏具の一つ。これがないと戒名の相談がスムーズに出来なくなってしまうので、なくてはならない大事な台帳になる。

とりあえず忘れ物はなかった。あとは彼の登場を待つのみだったのだが、これが中々現れない。まさかとは思うが、皆の晒《さら》し者にするためにわざと遅れているのではないだろうか。彼ならばやりかねないな、と照玄和尚の意地悪そうなニヤケ顔を思い浮かべたときだった。

本堂に異様な空気が流れ始めた。騒いでいる訳ではない。どことなく、皆の背中がざわついたように見えたのだ。直後、その原因が横から現れた。照玄和尚だ。

紫色の大衣《だいえ》に、銀の刺繍《ししゅう》が施された袈裟《けさ》を纏った彼は、修行僧の様子を一望したのち端の階段をおりて下駄を履き始めた。

　普段は黒色の大衣と呼ばれる衣の上に、山吹色の袈裟を片方の肩から斜めに掛けたスタイルになるのだが、今回は仏事ということで身につけた袈裟も特別なものだった。その出で立《い》ちは、先ほどまでとはまるっきりの別人に思える。やはり、正装した彼は独特の雰囲気を持っていた。

　カランカランと、小気味よい下駄の音を鳴らしながらこちらに向かって歩いてくる。

「典弘、持ち物は全部揃っているな？」

「はい、万全《ばんぜん》です」

　こっちは一時間前から準備を済ませて何度も確認しているのだ。自信満々に鞄を持ち上げて見せたのだが、照玄は肩を落としてため息を吐《つ》いた。

「何が万全だ。大事なものを忘れているではないか」

「えっ？」と、声をあげ、典弘は慌てて中を覗き込んだ。そんなはずはない。全て揃っているはずだ。それに、中身を見てもいないのに忘れているなど判断出来ないはず。

　また意地悪をされているのかと思い、「いえ、仏具は全て揃っておりますよ」と、鞄を開いて見せた。だが、彼は中を見ようとはせず何故か空を見上げている。

　つられるように上を向きハッとなった。空に灰色の雲が集まりだしている。いつ雨が降ってきてもおかしくはなかった。

袈裟を雨で濡《ぬ》らす訳にはいかない。そのための大きな専用傘がある。開くと百五十センチメートルもある大きな傘だ。

「すみません。今、持って参ります」

気付いたことに満足したのか、「私は先に行ってるぞ」と照玄和尚は一人で歩き始めた。

天巌寺の境内は広い。両側に砂利の敷かれた小道を歩くと、松の木が並ぶ庭園がある。その先のひょうたん池を進み、そこから百八段もの階段をおりて初めて敷地の外に出る。一つの小さな山が、天巌寺そのものと言ってもいいだろう。

それは、東北地方の数ある寺院の中でもトップクラスに近い規模だった。故に、外に出るだけで少なくとも歩いて十分は掛かってしまう。

典弘は急いで母屋に向かって走りだした。玄関脇にある棚から傘を取り出し照玄和尚を追いかけた。安田家は、天巌寺から歩いて五分ほどの場所にある。もたもたしていては彼が着いてしまう。

この時点で既に汗が止まらなかった。いくら曇っていても暑いものは暑い。坊主頭に、この八月の紫外線は特に辛かった。

ところが、急ぎ足で向かったにも拘わらず一向に彼の姿が見えてこなかった。動きにくい袈裟や下駄を履いているのにも拘わらず、どれだけ歩くのが速いのだろうか。ようやく、その後ろ姿が目に入ったときには、既に安田家の前に着いていた。

「遅かったな。日が暮れてしまうかと思ったぞ」

肩を揺らしながら息を整える典弘を横目に、彼は皮肉を述べた。見ると、彼は汗一つかいていない。皮肉を言うだけのことはあり、さすがと言わざるを得なかった。

「さあ、呼び鈴を押してくれ。最近、静電気が酷くてな。あまりさわりたくないのだよ」

「は、はい。ただいま」

夏に静電気など聞いたことがない。先に入っていればいいものの、わざわざそんな嘘をついてまで待っているなんて、嫌がらせか？　と、半ば呆れながら呼び鈴を押すと、すぐに「はい」と返事があった。声を聞く限り若い女性だ。二十代、またはいっても三十代前半だろう。

音を立てて引き戸が開くと、中から顔を出したのは想像していた通りの女性だった。ダークブラウンのボブヘアーがよく似合い、健康的な小麦色の肌をしている。化粧は薄く、日焼けしていなければ物静かな印象があった。

「先ほど連絡した、天巌寺の照玄と申します」

この度は……と、照玄和尚は頭を下げた。

典弘も合わせるように頭を下げると、「わざわざすみません。どうぞ上がってください」と、家の中へと促された。

玄関をくぐると広々とした空間があった。今でこそ珍しい、古い造りの間取りにどこか懐《なつ》かしさが感じられる。安田家はこの辺では数少ない代々続く旧家の一つだった。

亡くなられた安田家のお婆ちゃんとは、安田《やすだ》カヨ子《こ》のこと。今年七十九歳を迎えていた。ご主人は既に数年前に他界し、現在はこの家で独り暮らしをしていたようだ。事情があってなのか、他の家族と一緒に暮らしていた様子はない。

先ほど出迎えてくれた女性は、美香《みか》という名前でカヨ子の孫娘にあたる方だった。彼女もまた独り暮らしをしているらしく、死去の知らせを聞きつけて飛んできたようだ。

軽い挨拶が済むと美香の案内で奥の居間に通された。

簡易的なものではあるが、既に祭壇が組まれ花が供《そな》えられている。中央には、満面の笑顔を振りまくカヨ子のスナップ写真が飾られており、すぐ手前には線香がたかれていた。

ご遺体は祭壇の前に敷かれた布団の上で横たわっている。既に葬儀屋さんが来たのか、きちんと身なりを整えられ綺麗に化粧が施《ほどこ》されていた。

そんな彼女の顔を覗き込むと、照玄は座って両手を合わせた。経を読むことはなかったが、目をつむり頭を垂れるその姿に典弘は思わず息を呑む。後ろに立つ典弘たちも座り、そっと手を合わせた。

「とても悲しい顔をしているね」

頭を上げてボソリと呟いた照玄和尚の言葉に、典弘は一瞬、自分の耳を疑った。普通、遺族に対して故人が悲しい顔をしているなどとは言わない。たとえそう感じたとしても言葉に出すことはないだろう。

この人は、何てことを言うのだろうか……と、目を見張っていたのだが、美香の反応は違っていた。小さく「やっぱりそう思いますか」と、呟いたのだ。

首を傾げる典弘を横目に、美香は正座を崩すと静かに立ち上がった。

「戒名のご相談もありますし、詳しくはこちらで」

そう言って、奥の部屋へと案内された。

先ほどの和室を小さくしたような部屋だ。背の低い木目調の丸いテーブルが一つあり、その奥には仏壇が置かれていた。仏壇には、しっかりと花が供えられ、茶碗と汁椀まで置いてある。

美香はテーブルの前に座布団を二枚敷くと、「どうぞ。今、お茶をお持ちしますので」と、言って手のひらを差しだした。本来、修行僧は立場上、嗜好品《しこうひん》でもあるお茶をいただく訳にはいかないのだが、そこは建前ということもあり断ることはしなかった。

数分後、美香はお盆に二つの湯飲みを載せて現れた。律儀にお茶菓子まで用意されるのは、修行中の典弘にとってはかえって目の毒にしかならない。必死に見ないようにしたのだが、そんな典弘の心情とは裏腹に照玄は饅頭《まんじゅう》に手を伸ばした。

薄いビニールを剥がしてそのまま美味しそうにかぶりつくと、横目で我慢する典弘の顔をチラチラと覗いてくる。勿論、『お主も食べていいぞ』とは一言もない。

それでも、典弘は無表情を貫いた。そんな反応がつまらなかったのか、照玄は出されたお茶を一口すると、「それで……」と、口火を切った。

「カヨ子さんは、どうして亡くなられたのかね？　病気とは思えなかったのだが」

下を向きながら、「はい」と美香は答えた。その表情はどこか暗く、いかにも話しにくそうだった。

「祖母の死因は、頭部強打による脳挫傷《のうざしょう》というのが、医師の診断でした」

「頭部強打ということは、事故か何かですか？」典弘が尋ねると美香は首を横に振った。

「わかりません。柱に頭を打ちつけたようなんです。後頭部ならば事故や事件の可能性もありますが、祖母は額《ひたい》を打ちつけているので、わざと自分でやった可能性もあるそうです」

「自分でって、まさか自殺？」

「典弘っ」

名前を呼ばれて我に返った。考えてみれば無神経な発言になる。「すみません」と、慌てて頭を下げた。

「大丈夫です。それに、わたしには祖母が自殺したとは思えないんです」

美香は、テーブルの端をじっと眺めながら事の詳細を話し始めた。

カヨ子の遺体が見つかったのは、昨日の午後四時頃。第一発見者は近くの社会福祉施設に勤めている若い男性のホームヘルパーだった。

介護の必要な状態だった訳ではないが、彼らホームヘルパーは、定期的に老人が独り暮らしをしている家を訪ねているのだという。この日も近くを通りかかったため、様子を見るためにチャイムを鳴らしたのだが反応がなかった。念のために留守かどうかを確認するため、引き戸に手をかけると、鍵はかかっていなかった。不審に思い、男性は玄関に入って声をかけた。

しかし返事がない。異変を感じて上がると、うつ伏せになって倒れているカヨ子の姿が目に入り、慌てて119番通報をしたのだが既に事切れていたのだという。

彼の話によれば、カヨ子は壁側に頭を向けて前頭部から血を流して倒れていたらしい。そのすぐ前の柱には血痕があり、そこから流れるように落ちている様子から、柱に頭を打ちつけたのだと判断出来たそうだ。救急隊の連絡ですぐに警察も駆けつけた。争った形跡はなかったのだが事件性も考慮し、念のために検証が行われた。

カヨ子は普段から家の鍵をかける習慣はなかったらしい。一瞬、物盗りの犯行説も浮上したようだが、金目の物が一切なくなっていなかったことから、その線は早々に消去された。

そこで、次の可能性として事故ではないかと想定された。

柱の反対側には仏壇がある。足がしびれ、もつれて転んだ拍子に頭を打ったのではないか……と。

座布団に足をとられて起きる転倒事故などは少なくない。だが、事故の可能性を追ってみると今度は違う形で疑問点が浮かび上がった。

まず、発見当時そこに座布団は敷かれていなかった。つまり滑って転んだ可能性はない。

そしてもう一つ……カヨ子の血が付着していた位置が高すぎるのだ。

彼女の身長を考えて、転倒の際に頭を打ったのであれば血痕はもっと下になければおかしい。だが、実際にあった位置はカヨ子の目線の高さに付いていた。つまり、転んだのではなくそのまま柱に向かって突進しなければそんな位置で頭を打つことはない。それでは事故にならない。かと言って、殺人かと言われればそれも可能性が低かった。

理由は二つ。まず心理的に、相手を殺そうとするのならば普通は後ろから殴るなど、背後を狙うことが多い。だが、今回の場合は柱に額を打ちつけた形になる。背後からカヨ子を押すように殺害するには、頭を掴まなければこれだけ激しく打ちつけることは出来ない。だが、カヨ子の後頭部を誰かが掴んだ形跡はなかった。

それと、もう一つ。彼女の額の傷は一ヶ所だけだった。つまり、頭を打ちつけたのは一回だけということになる。殺意があったのであれば額を何度も打ちつけるはずだ。後ろから殴った訳ではなく前頭部を打ったのだから。

勿論、これは殺意があったらの話ではある。一時の感情で不意に殺してしまったケースも当然考えられることではあるのだが、細かな推測と総合的な判断により、警察は一つの結論を出した。

事故の可能性も薄く殺人の可能性も低い。つまり、自殺ではないかということだった。

そこで、駆けつけた美香に警察は聞き取りを行《おこな》った。カヨ子が、何か精神的な病気を持っていなかったかの確認だった。だが、美香も一緒に暮らしていた訳ではなく最近のカヨ子の様子を知らなかったため、ハッキリとした返答が出来なかったらしい。ただ、そういった様子はなかったと思う……と、だけは告げたようだ。

だが、不確かな情報ゆえに警察は大して参考にしていなかった。認知症の老人が、ときに不可解な行動をすることがよくあるらしい。今回も、それではないかとのことだった。

その結論に至った決め手が第一発見者でもある男性ホームヘルパーからの、ある話だった。

一週間ほど前にも、そのホームヘルパーは安田家を訪ねていた。そのときに、カヨ子と少しだけ話をしたらしい。

居間に一人で座っていたため、体調はどうですか？　と、質問を投げ掛けたのだが、カヨ子から返ってきた言葉は妙なものだった。

『わたしは元気ですよ。それよりも、おじいさんが……ごめんなさい、おじいさん』と、ボソリと呟き、虚《うつ》ろな表情で一点を眺めていたのだという。

確かご主人は亡くなっているはずだ……と、心配になり大きな声で呼びかけると、我に返ったように今度はまともな返事が来た。それからは普通の会話が出来ていたので、そのまま彼は家を出たとのこと。今回、訪れたのもそれが気がかりだったから、という理由だった。

それを聞いた警察は、大きくため息を吐いて納得するように頷いた。これは恐らく不慮《ふりょ》の事故です……と。

『ねぇ？』と、一人の女性刑事が周囲の鑑識係に同意を求めると、皆が揃って複雑そうな表情を浮かべながら頷いていた。精神的な病気による自殺と断定するよりも、事故として処理した方が、遺族のためだと言いたいのだろう。

それでも納得出来ずに俯《うつむ》く美香に、女刑事は頭をかいた。

この後、司法解剖をすれば詳しい結果が出る。だが、当然ご遺体を傷つけることになるがどうするか？　と、美香は質問をされた。

散々悩み家族で相談した結果、司法解剖をすることなく葬儀の準備を進めることにした。

一応、カヨ子の死亡推定時刻だけ最後に教えられた。死後硬直から計算して、死亡推定時刻は午前十一時から午後一時の間だとのことだった。

警察が帰り、気持ちを落ち着かせ、ふと時計を眺めると既に夜の九時を過ぎていた。

次の日の朝、つまり今日の朝一で葬儀屋さんと天厳寺に連絡し、先に葬儀屋さんに来てもらった。それから入れ替わるようにして照玄たちが現れたというのが、一連の流れだった。

「本来であれば、昨日の時点でお知らせしなければならなかったのですが。すみません」

「いや、それは仕方のないこと。それよりも大変でしたな」頭を下げる美香に、致し方ないといった様子で照玄は頷いた。

突然、家族が亡くなったのだから、気が回らなくても当然だ。横で黙って聞いていた典弘も頷いたのだが、話を思い出して一瞬思考が停止した。

美香の話では、確かカヨ子は仏壇の向かいの柱に頭を打ったということだった。そして今、典弘たちは仏壇が置かれている部屋にいるのだ。

「あのぅ、ひょっとしてカヨ子さんが頭を打った場所って……」

恐る恐る尋ねると、「はい。その柱になります」と、美香は仏壇の反対側を指差した。

よく見ると、柱の下には不自然に座布団が敷かれている。座布団の下を想像すると鳥肌が立った。

「本来、そんな場所で話をするなんて不謹慎だとは思います。それはわかっています。でも、ひょっとしたら和尚さんなら何か感じていただけるんじゃないかと思って」

美香の目は真剣そのものだった。身体を前のめりに構え、じっと言葉を待っている。照玄和尚には、何か特別な霊感があるのではないかと期待したのだろう。

「いや、残念ながら私にそんな力はないよ」

「えっ?」と、美香は声をあげた。信じられない、といった様子だ。

「でもさっき、祖母の顔を見て悲しい顔をしてるって言ってましたよね? あれは、何か祖母からメッセージのようなものを感じたんじゃありませんか?」

確かに、それは疑問だった。カヨ子の死因を聞く前から、照玄和尚はそんなことを言ってのけたのだ。彼はカヨ子の顔を覗き込み、じっと両手を合わせていただけ。特に今回のことに関して情報を得ていた訳ではない。美香が勘違いしても不思議ではなかった。

「メッセージか。確かに受け取ったかもしれないね。だが、それは決して霊的なものではないよ」

そう言って、照玄は自分の額を指差した。

「まず、カヨ子さんの額に真新しい傷があったのに気付いた。いくら化粧をしていてもそれはすぐにわかる」

傷かぁ……と、頭の中で思い出してみたがそんな印象はなかった。死に化粧は普通の化粧とは違い厚く塗られているため、恐らく言われなくてはわからない程度だったはずだ。

「それともう一つ。こっちの方が気になったのだが、カヨ子さんが発見されたとき彼女は口を開けて亡くなっていたのではないかな?」

「そうです。でも、どうしてわかるんですか?」美香は目を見開く。

「飾ってあった彼女の写真と見比べたとき、顔の輪郭に違和感があった。どこかエラがはっていてね」

「エラ……ですか?」

顎をさすりながら美香は虚ろな目をしている。照玄の言っていることが、いまいちピンときていない様子だった。

「恐らくあれは、死後硬直が起きてから後で誰かが口を閉じたのではないかな」

照玄の言葉に、美香は思い出した、と言うように手を叩いた。

「確かに、葬儀屋さんが口を閉じてくれました。このままでは他の方に見てもらう訳にはいかないとのことだったので」

「だろうね」と、照玄は再び湯飲みに口をつけた。

「あのぅ、それが何かあるんですか?」全く話が見えず、典弘は思わず口を挟んだ。

口を開けて亡くなっていたことが、どうして悲しい顔をしているということに繋がるのだろうか。首を傾げていると、照玄は片眉を持ち上げてため息を吐いた。

「想像してみなさい。日常生活の中で人が口を開けるのはどういうときだね?」

「えっと……」と、典弘は上方を眺めた。「話すときや何かを食べるとき。あっ、あとそれと眠くてアクビしたら開きますね」

指を折りながら、普段の私生活を思い出した。

「では、その者が死に直面している場合はどうだろうか。誰かと話すことはあるかもしれないが、何かを食べていた訳ではないだろう。ましてやアクビではないはずだ」

「ということは、誰か相手がいたということですか?」

「その可能性もあるが、カヨ子さんの場合は柱に頭を打っている。口を開いたとすればその後だ。だとすれば会話ではないかもしれん」

「でも、口を開ける理由なんて他にありますか?」

「ある」と、照玄は眉間にシワを寄せて拳《こぶし》を握りしめた。

そして突然立ち上がり、典弘に向けてその拳を大きく振り上げた。照玄の顔つきは険しく、その形相はまさに阿修羅《あしゅら》のようだ。そんな彼に、典弘は頭から冷水をかけられたように動けなくなった。

「典弘……口が開いておるぞ」

　その言葉にハッとなった。気が付けば脇からも嫌な汗がにじみ出ている。

「お主は今、何を感じていたかね?」そう言って拳をしまうと、照玄はゆっくりと腰をおろしてあぐらをかいた。

「……恐怖や、驚きです」

「そういうことだ。つまり、同じようにカヨ子さんは死ぬ間際に恐怖や驚きを感じたのだろう。そして、そのまま死に至った訳だ。そんな彼女を見て、悲しい顔だと感じても不思議ではないだろう」

　なるほど……と、典弘は手のひらを拳でポンッと叩いた。向かいに座る美香も納得したようだ。だが、同時に照玄に特別な力がある訳ではないということもわかったようで、肩を落としていた。

「でも、だとすれば、祖母は死ぬ間際に恐怖を感じていたんですよね。一体何があったのでしょうか」

「それはなんとも」と、照玄は首を左右に振った。

「生憎、私は警察でもなければ探偵でもない。出来るのは彼女の供養だけだ。その分、精一杯の気持ちを込めて弔《とむら》わせてもらうがね」

「そうですよね」と、美香は目尻を拭う仕草を見せた。

「浅はかな考えでこんな場所に通してしまい、すみませんでした」

「いやいや構わんよ。カヨ子さんの普段の生活が見られた方が、かえって戒名をつけやすい。そういう意味ではこの仏壇部屋は最適だ。その家の仏壇を見れば、どれほど御先祖様を大事に思っていたのかがわかるからね」

ちょっと拝見させてもらうよ、と照玄は再び立ち上がり、仏壇に向かい合った。自分だけ座っている訳にもいかず、典弘も同じように立って後ろから覗き込んだ。

黒塗りの立派な仏壇だ。観音開きの扉は開けられており、中央には黒く塗られた位牌《いはい》が飾ってある。両脇には菊の花が供えられていた。鮮やかな色をつけていたが、少しだけくたびれて見える。それでも、最近になって取りかえたばかりであることは間違いない。

飾られた菊の花と平行して蝋燭《ろうそく》が立っており、中心には線香立てと、おりんがあった。その手前に左から湯飲み、茶碗、汁椀……そして、向かって右側にマッチと火消しが置かれている。

一通り揃った仏具もそうだが、何よりホコリ一つない仏壇が、毎日手入れをしていたことを物語っていた。

「一つ質問してもよろしいかな?」仏壇の前に立ったまま、ふいに照玄が口を開いた。

「はい。なんでしょうか?」

「カヨ子さんは、毎日きちんとお供え物とお線香をあげていたのかね?」

「あげていたと思います。少なくとも、私がこの家にいたときはそうでした」

「そうか、それは感心だ」と、照玄は頷いた。「ちなみに君は、この仏壇の手入れをしたことはあるかね？」

「私ですか？」と、美香は自分を指さした。

「私は、恥ずかしながら一度も」

「それはいかんな。仏壇というのはご先祖様が住む、いわば家みたいなものなんだ。いずれ自分も入るかもしれない家は、自分でも綺麗にすべきだ」

まぁ、お主の場合は嫁入りしたら家は変わってしまうがね……と、照玄は笑みをこぼした。

「それに、そうした日々の行動も、あとになって自身につけられる戒名に大きく関わってくるのだよ」

「仏壇の手入れが、戒名にですか？」

「左様。戒名の位は、簡単に言えばその方が生前にどれだけ仏教に対して、信仰心が強かったかで決めるものになる。私は、仏壇の手入れもその一つだと思っている」

「そうなんですか。てっきり、高いお布施《ふせ》を払えばそれだけ位の高い戒名をつけていただけるのかと思っていました」

率直な美香の言葉に、照玄は深いため息を吐くと首を左右に振った。

「確かに、今となってはそんな時代になってしまったが本来そうではない。高いお金で買った戒名など何の役にも立たん。だったら、位は低くてもその方にあった戒名を付けてもらう方がずっと良いはずだ」

少なからず私はそう思っている……と、照玄は目を伏せると典弘の顔を覗き込んだ。説法《せっぽう》を兼《か》ねた説明だったのだろう。確かに典弘の心には響いていた。

「それを聞いて安心しました。今回、喪主を務める兄とも、戒名をどうしたらいいものか悩んでいたんです。私たち、そういったことをよく知らなかったものですから」美香は胸に手をあてた。

典弘は一瞬、あれ？　と、思ったが口には出さなかった。孫の兄弟が喪主を務めるということは、美香の両親はいないということになる。

「実は、私たちの両親は五年前に離婚したんです」

恥ずかしい話ですが……と、美香は悲しげな顔を見せた。

原因は母親の浮気だった。専業主婦だった母親は、仕事中心の父親に前々から嫌気がさしていたようだ。薄々、他に男の影があったことは前から気が付いてはいたが、あるとき急に出ていってしまったのだという。美香の兄弟は三人。正確にいえば兄と弟がいる。三人は、当然のごとく安田家に残された。

そうした事実を頭から振り切るためか、父親は一層働き詰《づ》めの日々を送っていた。早朝から深夜まで仕事をし、家に帰らないときもあった。過酷な労働で、身体を壊すのは時間の問題だった。

案の定、父親は二年後に倒れ、あっという間にこの世を去った。医者からは、過労による急性心不全だと診断された。

それからというもの、父方の祖母であるカヨ子が親代わりをしてくれたらしい。とはいえ、三人とも子供ではない。それぞれが自立し、家を出ていくのにそう時間は掛からなかった。

「私たちも、正直この家にいたくなかったんです。両親の思い出も、今となっては苦いものでしかありませんから」

でも……と、美香は仏壇を眺めた。

「今では後悔しています。祖母には散々かわいがってもらったのに、私たちは何も返せなかった。だからせめて、供養だけでも私たちでしっかりやってあげようって決めたんです」

そう語る美香の頬は涙で濡れていた。その思いが伝わり、聞いていた典弘も胸が苦しくなった。

「そうか。ならば、私もしっかりとそれを手伝ってやらんとな。典弘っ、過去帳と筆ペンを出してくれ」

「わかりました」

鞄から、用意していた過去帳を取り出すと筆ペンと一緒に手渡した。照玄は、受け取った過去帳を開くとカヨ子の名前と命日を書き記《しる》す。その横には空白を設《もう》けてある。戒名を書き記すためのスペースだ。

「戒名のことは心配しなくて結構。私がしっかりとつけさせていただくよ。勿論、お布施を上乗せする必要はない」

「よろしくお願い致します」と、美香は深々と頭を下げた。

「ただその前に、一度、喪主とお話をさせていただきたい。出来れば弟さんともね」

「それは構いませんが、どうしてです？」

「なぁに、戒名をつける上でカヨ子さんの生前の話を他の方からも聞いておきたいのだよ」

「そうですか、わかりました。では、兄たちに伝えておきます」

「すまないね」と、照玄は過去帳をパタリと閉じた。

「それから、通夜と告別式の日程だが、三日後にしてもらえないだろうか」

「えっ、三日後ですか？」

「明日は友引《ともびき》だ。日取りが悪い。それと、明後日は生憎と他の法事が入っていてね。申し訳ないがそれまで待って欲しい」

「三日後……」と、呟き、美香はスマートフォンを取り出した。カレンダーでスケジュールを確認しているようだ。

「わかりました。多分、大丈夫ですので親族には私から伝えておきます」

「すまないね。では、葬儀屋さんには私から連絡しておこう。ドライアイスの手配もこちらで連絡する。典弘、頼んだぞ」

どうして僕なんだ？　と、一瞬疑問に思ったが、典弘は素直に「わかりました」と、返事をした。

「では、私たちはこれで失礼するよ。明日また連絡するのでご家族によろしくお伝えください」

そう言って照玄が腰を上げる。つられて典弘も立ち上がり、部屋をあとにした。

最後に祭壇に向かい、横たわるカヨ子に手を合わせると玄関口へと歩きだした。すぐ後ろを美香がついてくる。最後まで見送ろうとする彼女に、照玄は制止するように手のひらを向けた。

「お見送りは結構だ。坊主の背を追いかけるのはゲンが悪いからね」

そう言って笑顔を見せると、美香は立ち止まり、「ではここで」と、頭を下げた。典弘は一足先に荷物を持って玄関の戸を開けると、一瞬その場で固まった。

雨が降りだしていたのだ。

「良かったなぁ、傘を持ってきて」その様子を見つめながら、照玄は典弘の肩を掴んで呟いてくる。

もし、傘を持ってきていなかったら――そう思うと、本日三度目となる身震いをした。

3

「風邪ひかないように気を付けるんだよ」

心配そうな表情を浮かべたトヨからバスタオルを手渡された。典弘は一言お礼を述べると、それをそのまま頭に被りゴシゴシと拭き始めた。こういうときに坊主頭は便利だ。なにせ乾かす髪がない。

「慌てて傘を持っていったにせよ、自分の分を忘れるとはねぇ。全くおっちょこちょいな性格だこと」トヨは、目尻のシワを寄せて綺麗に揃った歯を見せた。

そのことは、安田家を出てから気が付いた。照玄から失笑を受けたが、一緒に相合い傘をさせてもらうことになった。だが、いくら大きい傘だとはいえ彼を中心にささなければならないため、典弘の半身はずぶ濡れになっていた。

天巌寺に戻っても、すぐに葬儀屋さんに連絡しなくてはならなかったため、着替えることなくこうして母屋に戻ってきた。そんな典弘の頭が濡れていることに気が付いたトヨに、タオルを渡されたという訳だ。

「どうだい？　ここでの暮らしは慣れたかい？」

「はい、お陰さまで」と、典弘はタオルを近くの椅子に掛けながら答えた。

今は笑って話せるが、最初のうちは慣れるまでが本当に大変だった。それもそのはず。ごく普通の生活から、心を鍛える修行の日々に変わるのだ。簡単なことではない。それは何となく想像が出来ていたのだが、やはり思った以上に辛かった。

典弘の実家の寺は、丁度この天巌寺の分寺《ぶんじ》にあたる。分寺とは、わかりやすく言えば天巌寺と親子関係にある寺のこと。逆に、実家の寺からすれば天巌寺のことを本寺《ほんじ》と呼ぶ。

典弘には兄弟はいないため、将来実家の寺を継ぐことを考えて、こうして十四から本寺に修行に来ているのだ。

中学生のうちから修行するのは早いんじゃないか？　と、人から言われたこともあるが、あながちそうではない。寺を継ぐというのは、たとえ血縁の者であっても簡単に継げるものではなく、一人前の僧侶になるには様々な手順を踏まなくてはならない。そのうちの一つに修行道場への入門が必要になってくるため、寺を継ぐ意志がある以上は、早いに越したことはないのだ。

それに、石川家の長男として両親の期待を裏切りたくはなかった。

今はまだ、学校が夏休みということもあり修行だけに集中することが出来ている。だが、学校が始まれば学問と修行の両立が必要となってくる。今以上に大変になることは目に見えていた。修行期間の約一年、両立も修行のうちだと割りきって自ら進んで住み込みを選んだのだから、いつまでも甘えて『慣れない』などとは言っていられなかった。

「それで、テルちゃんとのデートはどうだった？　少しは勉強になったかい？」

「えぇ」

そりゃあ、もう色々と……とは言わなかった。多少の嫌がらせはあったものの、実際に感銘を受けることもあった。先ほどの戒名の件を話すと、トヨは何度も頷き満足そうに笑った。

「まぁ、ちょっと変わってるけど、あたしゃテルちゃんのそういうとこ好きだよ。良い師を持って良かったねぇ」

「そうですね」

ハハッと、声をあげて頭をかいた。良いのか悪いのか正直、複雑な心境だ。

「ところで、通夜はいつになったんだい？」

「三日後になるみたいです」

「三日後？　そりゃまた日が経つね」

「ええ。明日は友引だから避けて、明後日は法事が入っているとのことでした。なので、今から葬儀屋さんにドライアイスを頼まないといけないんです。なんだか火葬も遅らせるようなので」

そう言うと、「はて？　変だねぇ」と、呟き、トヨは黒電話の上に設置されたホワイトボードを眺めた。そこには、仏事のスケジュールが書いてある。

「明後日は、法事なんか入っていないんだけどねぇ」

「えっ本当ですか？」

「ほれ、何も書いてないよ」

トヨの指先を辿ると、確かに明後日の欄が空白になっていた。他の日付を見てみると、法事が入っているところにはきちんと時間まで書き込んである。

「急に入ったんですかね？」

「いやいや、法事が急に入るなんてことはないよ。皆、前もって連絡をくれるはずだからね」

「それじゃ、どうして和尚は法事があるだなんて言ったんでしょうか？」

「さぁ、そればっかりは本人に聞かないとわからないねぇ」と、トヨは首を左右に振った。

「きっと、彼なりの考えがあってのことだろうけどね。まぁ、気になるのであれば直接聞いてみるといい」

ほれ、噂をしたら来たよ……と、背後に目線を向けられ慌てて振り返ると、廊下の端に照玄の姿が目に入った。

彼も、先ほどまでの紫の大衣から動きやすい黒の大衣に着替えていた。

僧侶が身につける大衣は、同じように見えて種類により全然違うものになる。夏冬用は勿論のこと、生地や縫い方が異なり、物によっては価格に雲泥《うんでい》の差がある。今、彼が着ている大衣は比較的生地も薄く夏向きのものだ。何より色が黒なので汚れが目立たない。ある意味彼の中では部屋着と言ってもいい。特に雨の日にはそれを着ることが多く、同時に、彼が今日はもう外出しないことを示唆《しさ》していた。

「ここにいたのか。典弘、捜したぞ」

彼は、鼻を擦りながら典弘たちのいる場所まで歩いてくると、テーブルの上に置かれたティッシュを数枚ほど引き抜いた。

「なんだか鼻がムズムズする。急にくしゃみが止まらなくなってな。風邪をひいたのかもしれん」

「くしゃみ？　そりゃ風邪じゃなくて、誰かに噂されてたんじゃないかい」

ねぇ？　と、トヨは典弘の顔を覗き込み、含み笑いを浮かべていた。

「噂か。まぁ、確かに身に覚えがありすぎるね」上から熱い視線を注がれたが、勿論典弘は知らぬ顔をした。

「さぁ、頭は乾いたんだ。こんなところで油を売ってないで早く行くぞ」

そう言われ、照玄に頭をペシペシと叩かれた。

「えっ、行くってどこにですか？　まだ葬儀屋さんにも連絡していないのですが」

「何を言っている。お勤めに決まっているだろ。昼に出来なかった分、お主には一人で坐禅を組んでもらう。しかも今回は特別に私が見てやるぞ。葬儀屋さんへの連絡はトヨさんにお願いするといい」

「いや、でもトヨさんに悪いですし」

ヘルプを込めた視線を送るが、「わたしゃ構わんよ。行っておいで」と、見事に裏切られた。

「では参ろうか」

本堂に向かって歩きだす照玄の後ろを、典弘は項垂《うなだ》れながらついていった。

赤い絨毯《じゅうたん》が敷かれた細長い回廊を進んでいくと、やがて本堂が見えてきた。右手にある広々とした空間の中央には、金の装飾に囲まれた御本尊が奉《たてまつ》られ、その足元に鐘と木魚《もくぎょ》が置かれている。そして、左手には御本尊をお披露目するための大きな門があった。

　仏事の際には、そこで和尚が経を読むことになるのだが、今回の目的地はそこではない。今、向かっているのはその先にある部屋。つまり、午前中に何人もの修行僧が集まっていた場所である。

　最悪だった。これから一人で坐禅を組むことを考えるとため息が出てくる。時間にしておよそ一時間。畳の上でたった一人、瞑想《めいそう》に浸らなくてはならない。しかも指南役は照玄和尚。まず間違いなく手抜きはないだろう。

　普段は複数名の修行僧に対して一人の指南役が全員を見ることになる。

　修行僧は静かに眼を閉じ、心を無にして瞑想を続けるのだが、これが中々難しい。人間である以上、完璧に心を無にすることなど出来ない。正直なところ早く終わらないかな……などと、考えていたりもする。要するに無のフリをしているのだ。だが、そんな邪念が指南役に伝わると払拳棒喝《ほっけんぼうかつ》と呼ばれる喝を入れられてしまう。

　つまり木の板で肩を叩かれる訳だ。この喝を入れられないようにひたすら無の演技をしているのだが、相手は照玄和尚だというのに加えて、まさかのマンツーマン。地獄の時間になるイメージしかわかなかった。

　意を決して畳の上で坐禅を組んだ。照玄は例の板を構えてすぐ後ろに立っている。準備万端、といったところだろう。

　こうなったら、微動だにしない坐禅を照玄和尚に見せつけてやる。そうすれば、先に照玄和尚の方が音《ね》をあげるかもしれない。彼は退屈なことが苦手なのだ。

　典弘は静かに眼を閉じた。集中だ。心を無にするのではない。無を演じるために集中するのだ。集中し、呼吸の数をかぞえながら極力身体を動かさない。これが喝を入れられないための秘訣だ。そうしてきたお陰で、普段の坐禅でもほとんど喝を入れられなかった。

　意気込んで挑んだ坐禅は順調なすべり出しだった。一度も喝を入れられることなく十分が経過する。全く動かず隙《すき》を見せない典弘に対して、後ろに立つ照玄和尚はウロウロするばかり。次第に彼は典弘の周りを歩きだした。実に良い感じだ。だけど、ここで集中力を欠いたら負け。彼が飽きるのをじっと待った。

　それから更に十分が経過すると、彼の足取りも重くなってきた。そして彼は、遂に典弘の目の前で立ち止まる。いよいよか？　と、心の中でガッツポーズをしたときだった。

　眼を閉じる典弘の顔に生暖かい風が吹いた。外の空気が流れ込んだ訳ではない。顔の一部だけに風を感じたのだ。

　何か変だな……と、思った瞬間、とてつもない悪臭が典弘の鼻腔を刺激した。卵のサンドイッチが腐ったような臭いだ。

「うわっ、くっさ」

堪らず眼を開けて顔の前を手であおぐと、照玄和尚の笑顔が目に入った。

次の瞬間、「かぁぁっ」と、声をあげて板で肩を叩かれた。

「ようやく隙を見せたな」

「ちょっと待ってください。反則ですよ。今、オナラしましたよね？」

「何のことだね？　それに、たとえ私がオナラをしたからといって、心を無にすれば何も感じないはずだろう。心頭滅却すれば、屁もまたくさなし……だ」

何が、くさなし……だ。語呂も悪いし、くさいに決まってるじゃないか。百歩譲ってくさくないにせよ普通はしないだろう。もはや、何の修行だかよくわからない。大きくため息を吐いて、再び坐禅を組んで眼を閉じた。

「典弘、もう良い。眼を開けなさい。坐禅は終わりだ。足も崩してよいぞ」

そう声をかけられたが典弘は無視した。これは罠だ。眼を開けて、座禅を解いた瞬間に喝を入れるつもりなんだ。

「嘘ではない。ほれ、この通り私も既に座っているではないか」

「えっ？」と、驚き眼を開けると、確かに正面で彼はあぐらをかいていた。

「本当に終わりですか？」

「あぁ、これ以上やっても意味が無いからな。お主の演技はもう見飽きた」

照玄は、持っていた板を静かに置いた。やはり演技には気付いていたようだ。そう考えると終わることを素直に喜べない。なんだか悪いことをしているような気がしたからだ。そんな典弘の心中を察したのか、照玄和尚がにやりと笑う。

「そんな坐禅は何の修行にもならない。お主がふざけているから私もちょっとふざけただけだ。そのかわり、次からは演技などするでないぞ」と、頭をコツンと叩かれた。

「坐禅は、それを行う者の心を洗うのが目的だ。邪念を持って行うものではない。ときに喝を入れられながら心を鎮めていくことが大事なんだよ」

やっていることは滅茶苦茶だが、照玄和尚の言葉は真《まこと》をついている。素直に反省し気持ちを改め、典弘は「すみませんでした」と、頭を下げた。

「まぁ、わかればいいんだ。さぁ、足を崩して楽にしなさい」

典弘は、言われた通りに組んでいた足をおろして同じようにあぐらをかいた。緊張していたせいか、少しだけ足がしびれている。

気が付かれないようにさりげなく足を揉んでいると、「では、本題に入ろうか」と、照玄和尚に切りだされた。その目付きは真剣そのものだ。先ほどまでの笑顔は完全に消えている。

「実を言えば、お主をここに呼んだのは坐禅を組ませようと思ったからではない。大事な話があったのだ」

「どういうことですか?」と、首を傾げた。

話をするのであれば、ここじゃなくても良かったはずなのだ。わざわざふたりきりで本堂に移動したということは、誰にも聞かれたくない理由があるのだろう。そして、流れを察するに先ほどまでいた安田家についての話であることは見当がついていた。

だが、そうまでして話す内容が果たしてあっただろうか。嘘をついてまで、葬儀を遅らせた理由も結局はまだよくわからない。一体、何の話をされるのだろうかと姿勢を正すと、照玄は一つ呼吸を置いて口を開いた。

「お主に一つ、頼みたいことがある」

「頼み? 和尚が、僕にですか?」

自分に向かって指をさすと、「他に誰がいる」と、照玄は鼻を鳴らした。

「今から社会福祉施設に向かい、カヨ子さんのご遺体を最初に発見したという人物を訪ねてもらいたい」

「最初に発見した人物って、話に出ていたホームヘルパーの方ですよね?」

「そうだ。そのホームヘルパーから、発見当時の様子を細かく聞いてきて欲しいのだよ」

随分と変なお使いだった。葬儀についての話ならまだしも、ホームヘルパーとカヨ子は関係ないように思える。

「構いませんが、話を聞いてどうするんですか？　ご遺族でもありませんし、戒名をつける参考という訳ではありませんよね？」

「確かに、そういう訳ではない。ただ、少しばかり気になることがあってな」そう言って、鬚を擦りながら彼は遠くを眺めた。

小骨が喉に刺さったような言い回しに、「気になること？」と、典弘も同じ方向に目を向けた。本堂の門を隔てて境内が見渡せる。勢いこそ弱まっているが未だに雨は降っていた。

「カヨ子さんは、どうして死ななければならなかったのだろうか？」

遠くを見つめたまま照玄は視線を向けてこなかった。人に質問を投げかけるとき、いつも彼は相手の目を見て話をするのだが、このときだけは違っていた。

たった一言、素朴な疑問を述べただけのはずなのだが、いつもと違う彼の横顔に典弘は違和感を覚えた。

「どうしてと言われましても、それは仕方がありませんよ。警察の方も事故だったと言ってたじゃないですか。まぁ、色々と状況を見た上で……ですけど」

「行動障害による、事故死と言いたいのだな？　確かに、それならば仕方がないかもしれん」

だが……と、照玄は天を眺めた。

「もし、そうではなかったとすればどうする？」

冗談だろうと思い、「まさかぁ、そんな」と、笑いながら顔の前で手をふったのだが、あまりにも真剣な眼差しを送る照玄和尚に、典弘は生唾を呑み込んだ。同時に、背中にジワリと汗がにじむ。

事故でも自殺でもないとすれば、残されるのはただ一つ。殺人の可能性だけしかない。

「物盗りの犯行ではないって話でしたし、それはないんじゃありませんか？」

典弘は嫌な胸騒ぎを押さえ込むように、わざと明るい口調で照玄に言った。だが彼の顔色は晴れないままだ。

「私だってそう思いたい。だから、それが気のせいであることを確認するためにお主に頼んでいるのだ」

照玄の言葉に、典弘はなるほど……と、頷いた。確かにこんなことを他の人に聞かれたら大変だ。特に、田舎というのは変な噂が流れると一気に周りに広まっていく傾向がある。もし、こんなことを照玄が気にしているというのがバレたら、遺族だけでなく他の檀家さんにも何を言われるかわからない。

だからこそトヨの耳に入らないように、わざわざここに移動した。そして、こそこそと聞き込みをしていても、世間的に角の立たない典弘に白羽の矢が立てられたという訳だ。

それにしても、照玄和尚は何故そう感じたのだろうか。一緒にいた典弘には、話を聞く限り不審な点は見当たらなかった。勿論、気に止めていなかったからなのかもしれないが、少なからず美香の話は真実味を帯びていた。

けれども、照玄和尚は単なる憶測だけで物事を話すような人ではない。そんな彼が、こうして依頼してくるくらいなのだから何かしらの根拠があるのだろう。

一応ダメ元で理由を聞いてみたが、やはり何も教えてはくれなかった。「とにかく頼んだぞ」と、それ以上の話を切られ、典弘は口を閉じるしかなかった。

「念のため、私からも施設の方には一報を入れておく。理由を聞かれたら、寺の和尚が葬儀で故人の話をしようか迷っている……とでも答えればいい。それも嘘ではないからな」

「わかりました。要するに、上手いこと当時の様子を聞き出せばいいんですね」

あまり乗り気にはなれないが仕方がない。典弘は渋々立ち上がった。

「では、外行きに着替えてからすぐに向かいたいと思います」

小さく頭を下げて、本堂を出ようと背中を向ける。すると「ちょっと待った」と、肩を掴まれた。

「一つ、言い忘れたことがある。そのホームヘルパーと話が出来たら、発見当時の仏壇がどうなっていたかを聞いてくれ」

「……と、言いますと？」

「例えば、お主が先ほど見た仏壇と何か違う点がなかったか。または、その者が仏壇を弄《いじ》ったりしていないか。その確認だけはして欲しい」

「はぁ、仏壇ですか」

何でまたそんな質問を？　と、聞きたかったが、無駄な問いになると思い「聞いてみます」と、だけ簡潔に答えて踵を返した。

背中越しに、「帰ってきたら、褒美に饅頭をやろう」という声が聞こえたがあえて反応しなかった。

その代わり、『絶対にくださいよ』と、心の中で連呼しながら赤い絨毯の上を歩いていった。

4

恵みの雨とはよく言ったものだ。強い日射しの中、水分を求めていた植物たちは、久々の雨に生き生きとして見える。

だが、僕は植物ではない。喉が渇いている訳でもなければ水浴びをしたい訳でもない。雨なんか大嫌いだ……と、典弘は空を睨み付けた。

生暖かくも、ジメッとしたこの空気のせいで、一日分のやる気を奪われる。何より、こうして傘をささなければならないのが苦痛だった。傘を持つことで、当然ながら片手が奪われる。そんなときに、地図を見ながら歩かなければならない者の気持ちを、お天道様も少しはわかって欲しいものだ。ため息まじりに、傘の柄を肩に挟んで地図を両手で開いた。

多分、この辺りのはずだ。事前にだいたいの場所を教えてはもらったものの、やはり地元ではないため土地勘がない。ましてや、福祉施設などに行ったことがないため尚更のことだった。

首を伸ばすようにして周辺を眺めた。閑静な住宅街というものはどこも同じ景色に見える。だが、施設というくらいなのだからそこそこの敷地があるはずだ。戸惑いながらも、どこかに広場が無いか探し歩いた。

すると、最初に公園らしきものが目に入った。よく見ると至るところに手すりが設けられている。そのすぐ横には公民館のような建物があった。きっとこれだ。

水しぶきをあげながら小走りで建物の正面に回り込むと、大きなガラス張りのエントランスが見えた。看板には、【優《ゆう》とぴあ】と書いてある。間違いなく探していた施設だ。

典弘は、静かに傘を畳むとエントランスを通り抜けた。

この福祉施設には、子供から老人まで入所出来るらしい。その証拠に、建物の中にいる人たちの年齢層が幅広い。エントランス脇の温かい木目調でまとめられたホールを横目に見ると、幼稚園児くらいの小さな女の子と車椅子に乗ったお婆さんが、仲良くあやとりをする姿があった。お揃いで上下ともライトグリーンの服を身につけていることから、二人は家族ではないはず。それでも、笑顔で会話を交わす二人はとても仲が良く見えた。

老人介護と児童福祉が一緒になった施設は珍しい。ただでさえ大変な仕事なのに、受け入れ側の対応も二分されるのだからその苦労は想像もつかないくらいだろう。ある意味、この仕事も修行のようだ。

忙《せわ》しなく働くスタッフに感心しながら受付の方に声をかけた。ピンクのカーディガンを羽織《はお》った女性に用件を伝えると、「お伺いしていました」と笑顔で返事をされ、すぐに職員の居場所に案内された。

第一発見者の男性は、風見《かざみ》という名前だった。

彼はまだ、入社して一年目という期待の新人らしい。半分くらいの者が半年ともたずに辞めてしまう厳しい世界で、彼は愚痴をこぼすことなく熱心に働いている……と、受付の女性も誉めていた。老人介護を担当しているそうだ。

照玄和尚から話がいっていたためか、はたまた偶然かはわからないが、彼は丁度、奥の部屋で休憩をとっているとのこと。しかし休憩中だと聞いて、典弘は逆に気が引けた。彼にとっては貴重な休み時間のはずだろう。

申し訳ないな……と、思いながらも案内されるままに、【スタッフ専用】と書かれた扉をノックした。するとすぐに、「どうぞ」と返事があった。

「失礼します」と、言葉を添えて中へと顔を覗かせた。

六畳ほどのスペースに、長テーブルとパイプ椅子がいくつか置かれている。その内の一つに白衣を纏った青年が腰掛けていた。短い黒髪の彼には、ホームヘルパーという職業のイメージ通りの清潔感があった。だが、その顔はどこか疲れて見えた。やせ型の体形な上に少し頬がこけているため、余計にそう感じさせる。

そんな彼は、入ってきた典弘を見るなり口をポカンと開いた。

「天巌寺の典弘と申します」

「あぁ、どうも」

風見です、と彼は座ったまま小さく頭を下げる。同時に向けられた笑顔は、疲れたイメージを払拭《ふっしょく》するくらい、実に爽やかなものだった。

「貴重な休み時間にすみません。少しお話よろしいでしょうか？」

「勿論。あまり長い時間は無理だけど……どうぞ掛けて」

彼の言葉に頭を下げると、典弘は向かいの椅子に腰をおろした。

「それにしても、もっとおじさんが来るのかと思ってたんだけど、随分と若いね。中学生？」

テーブルに置いてあったペットボトルに口をつけて、風見は小首を傾げた。お寺の使いとあれば、確かにそう思うのかもしれない。

「中学二年になります。現在、天巌寺で修行中の身なんです。すみません、僕なんかで」

「いやいや、嫌みを言ってる訳じゃないから誤解しないで。むしろ、まだ中学生なのに偉いなって思っただけ」

風見は慌てて手を振ると椅子を引いて座り直した。確かに、嫌みを言っている訳ではなさそうだった。本当に嫌みを言うとき、人の顔はどこか歪んで見えるものだ。彼の表情からはそんな感じはしなかった。

「よくわからないけど、こうした話を聞くのも修行の内なんでしょ？　どうぞ好きに聞いてよ。協力するからさ」再び笑みを浮かべて、風見は横に置いてあったビニール袋に手を入れた。

「これ、ペットボトルでよかったら、お水どうぞ」

「あっ、すみません」と、典弘は差し出されたペットボトルを受け取り頭を下げた。

「オレンジジュースやお菓子もあるけど、きっとダメなんでしょ？　とりあえず下げておくけど食べたかったら言ってね」

「お気遣いありがとうございます」

相手の立場を理解する彼の気遣いに典弘は感銘を受けた。誰かさんに爪の垢《あか》を煎《せん》じて飲ませたいくらいだ。

「それで？　何から答えればいいのかな？」

両手の指を組んで前かがみになる風見に、恐縮しながらも典弘は話を切りだした。

まずは、予定通りに発見当時の様子から尋ねた。風見はそれに対し、時おり上方を眺める仕草をしながらも淡々と答えてくれる。だが、その内容は前もって美香から聞いていた話と何ら相違はない。カヨ子の様子が気になって訪ねたという理由も聞いていた通りだった。

「やはり、カヨ子さんは認知症か何かだったんですかね？」

「まぁ、僕も医者じゃないから何とも言えないけど、ときたま視線も定まってなかったし、何らかの障がいがあったとは思うよ」

「そうですか」と、典弘はその旨をメモ帳に記した。

「実は僕、少し前にもカヨ子さんを見かけてるんですよ。お墓参りに来ていたんです。でも、そのときは普通だったたような気がするんですよね」

そう典弘がメモ帳をペンで叩きながら思い出すように話すと、「うーん」と風見は腕を組んだ。

「認知症といっても色々あるからね。その日その時の体調によって、急激に変わることもある。特に、外出するときなんかは体調が良いときのはずだから、外で会った人の印象は以前と変わらないと思うよ」

だから判断が難しいんだよね……と、天を仰《あお》いだ。

確かに、そんなものかもしれない。家族である美香ですら、カヨ子に認知症の疑いがあったことを知らなかったのだから、典弘がそれに気づくはずもない。

「でも症状から判断するに、障がいが生じたのはここ最近のことじゃないかな。きっと、一人暮らしの不安から徐々に発症したんだと思うよ」

風見の言葉に、典弘は「そうですか」とテーブルの一点を眺めて、ボソリと返した。

もし、カヨ子さんが独り暮らしじゃなければ、こんなことにならなかったかもしれない。そう思うと胸が苦しくなった。

「世間的に知られてないけど、こうした老人の事故は結構多いんだよね。だから、僕たちも定期的に訪ねるように心がけているんだ」

「知りませんでした。本当、大変なお仕事なんですね」

「まぁね。でも、それが僕たちの仕事でもあるから。本来、家族の人がきちんと見ることが出来れば、本人としても幸せなんだろうけど。今のご時世はそうも言ってられないみたいだから、僕たちに出来ることなら少しでもやってあげないとね」

風見は頭をかくと、着けている腕時計に目線を落とした。その仕草に、典弘も慌てて部屋の時計を見た。

「あっ、もう時間ですかね？」

「そうだね。そろそろ次の地区を回る準備をしないと、かな」

そう言って、風見はテーブルの上を片付け始めた。コンビニ弁当のゴミと、空のペットボトルを後ろの分別ゴミ箱に放り込むと、端に置かれた布巾でテーブルを丁寧に拭き始める。

「すみません。じゃあ、最後に一つだけ聞いてもいいですか？」

「ははっ、君も随分と熱心だね。作業しながらで良ければどうぞ」

風見はテーブルをくまなく拭いていく。口ではこう言ってくれているが、もう余り時間は無いよ……というアピールだろう。これ以上邪魔しては悪いと思い、典弘も単刀直入に話を切りだした。

「発見当時、風見さんはカヨ子さん家の仏壇をさわりましたか？」

「仏壇？」

その瞬間、風見の手が止まった。下げていた視線をゆっくりと持ち上げた彼の表情には、困惑の色が浮かんでいる。

「さわってないけど、どうしてそんな質問をするんだい？」

「いえ、特に意味はありません。ちょっと、仏壇がずれていたものですから、誰か動かしたんじゃないかと思って」

内心ヒヤヒヤものだった。そんな事実はないのだが、きっと質問の意図を聞かれるだろうと思い、事前に答えを考えていたのだ。

風見は、何かを考えるように宙の一点を眺めて「うーん」と首を傾げた。

「それは僕じゃないね。さわってもいないし、正直よく見てもいなかったよ」

「じゃあ、きっと家族の方ですね。わかりました」

典弘は、再びメモ帳にペンを走らせた。本当は、自分が見た状態と何か違う点がなかったかを確認したかったのだが、見てもいないということだったのであえて聞くことはしなかった。それに、そこまで突っ込んだ話をすると、質問の意図を上手く答える自信がない。

【風見は仏壇をさわっていない】とだけ書き記して、静かにメモ帳を閉じた。

「何だか、刑事の聞き込みみたいだね。ひょっとして何かあるの？」

「いえ何も。ただの確認ですから気にしないでください」

慌てて顔の前で手を振るが、風見はどこか不満気に、「ふーん」と頷いた。

「じゃあ、もういいかな？　そろそろ出ないとさすがにまずいや」

「あっ、すみません。ありがとうございました」

慌てて立ち上がり、座っていた椅子を元に戻した。すると風見はにこりと笑う。

「いや、別にいいよ。また何かあったらいつでもどうぞ」

「ありがとうございます。では、失礼します」

典弘は深々と頭を下げて外に出ると、ゆっくりと部屋のドアを閉めた。その瞬間、妙な達成感があった。何だか任務を遂行したスパイの気分だ。課せられた質問も出来たし、きっと照玄和尚も満足してくれるはず。

それにしても、風見がいい人で本当に良かった。彼のような人に見てもらえる御老人はきっと幸せに違いない。そんなことを思い浮かべながら、案内してくれた受付の女性に挨拶をすると、典弘は満足気に福祉施設をあとにした。


晴れやかな気持ちとは裏腹に、外は生憎の雨模様。一向に止む気配はない。天巌寺に戻った頃には、跳ね返りの雨で典弘の服は湿っていた。

本日二度目の着替えを済ませると、取り急ぎ聞き取りの結果を報告しようと本堂に向かったのだが、どうやら来客があったらしい。照玄は、応接室で誰かと話をしているようだった。仕方なく典弘は一度、宿舎へ戻ることにした。

二階建ての宿舎は、母屋と隣接する形で建てられている。修行僧はそこに寝泊まりしながら共同生活をおくっているのだが、毎日何かしらの当番が振り分けられていた。今日は何の当番になっていたかを確認するため、典弘は一階の和室に足を運んだ。

この和室は、主に写経をしたり読経の練習をしたりする場所として設けられていた。小さな仏壇も設置され、筆と墨が上に置かれた背の低い木のテーブルもある。そこに、誰かが練習で書いたと思われる写経の紙が残されていた。自分たちの決まりごとでは、出したものは使った者がきちんと片付けることになっている。

全く、誰だ片付けなかったのは……と、頬を膨らませ、典弘はテーブルを片付ける。それから、すぐ横に貼られている当番表に目を向けた。

自分の名前の横には【仏壇の清掃】と書かれている。この場合の仏壇というのは、この和室にある仏壇のことだ。

やった当たりだ。比較的簡単な当番に、典弘は指を鳴らした。ならば今の内に済ませてしまおう……そう思い、すぐさま行動に移した。

まずは、供えられた花の水を取りかえる。それと同時に湯飲みに白湯を注いだ。茶碗と汁椀は炊事担当が交換することになっているため、そのまま現状を維持して仏壇の内部を拭き取っていく。

毎日の当番が掃除しているため埃や汚れはほとんどないが、これはやることに意味があるのだと教えられた。仏壇を清めるのと同時に心を清めるのだ。

最後に、左右の蝋燭に火を灯《とも》して線香を一本立てれば作業完了。あとは、ボヤ防止のために蝋燭の火を消してから部屋を出るのだが、その前にもう一つだけやることがある。典弘は、仏壇の前で坐禅を組むと両手を合わせた。

心を鎮めて読経を開始すると、一定の音域を繰り返した般若心経《はんにゃしんぎょう》が部屋の静けさに溶け込んでいく。この瞬間がどこか好きだった。般若心経の本当の意味は正直まだよくわからないが、唱えるだけで無心になれる自分がいた。

一連の経を読み終えると、最後にもう一度、仏壇に向かって頭を下げた。今日もよろしくお願いします……と、心の中で念じて部屋を出ようと立ち上がったときだった。ふいに妙な胸騒ぎがして典弘は退室の足を止めた。

この感覚はなんだろうか。スッキリとしたはずの心に、うっすらと靄《もや》がかかっている。一瞬、蝋燭の火を消し忘れたかと思ったが、しっかりと火は消えており煙が立ち上っていた。確実に作業を行《おこな》ったはずだが何か違和感がある。しかし、何度見てもそれが何なのかわからない。いつもと変わらない仏壇がそこにあるだけだ。

意味もなく無性に胸騒ぎがするのはよくあることだ。そういうときに限って何もなかったりする。ひょっとしたら今回も、そんな無駄な胸騒ぎなのかもしれない。

そんな自問自答を繰り返しながら遠巻きに仏壇を眺めていると、ふと安田家の映像が頭に飛び込んできた。黒塗りの立派な仏壇が、目の前にある仏壇と重なっていく。その瞬間、「あっ」と声をあげて、典弘は口を押さえた。

抱いていた違和感は、ここの仏壇に対してではない。安田家の仏壇……それこそが違和感の正体。

どうして、あのとき気が付かなかったのだろうか。今思えば、安田家の仏壇には絶対的に不自然な点があったのだ。そして、その不自然な点こそが照玄和尚が気に留めていることに違いなかった。だからこそ、風見が仏壇をさわっていなかったかを典弘に確認させたのだ。

だとしてもこれはどういうことだろうか。

違和感の正体に気付いてしまったからこそ生まれた疑惑に、戸惑いを隠せなかった。その答えは恐ろしくて考えたくもない。

気が付けば、典弘は両手を合わせて必死に般若心経を唱えていた。

第二章　因果応報

1

古い建物は独特な匂いがする。

木造建築ならではの木の匂い。それと畳。冷たいコンクリートマンションでは感じることが出来ない趣《おもむき》だ。この匂いは嫌いじゃない。だが、線香の香りだけはどうも戴けなかった。葬儀のイメージが強いせいか、香りを嗅ぐだけで気分がおちてくる。

畳の敷かれた応接室で照玄を待っていた五十嵐真人《いがらしまひと》は、鼻を擦って辺りを見渡した。細工の施された障子に、よくわからない立像観音の彫刻物。壁には掛け軸が飾ってある。達筆すぎて何と書いてあるのかわからないが、辛うじて【応】という字だけは読めた。さすがは天厳寺の応接室だ。はっきりとしたことは言えないが、恐らくどれも値打ちのある物に違いない。

鑑定に出したいくらいだな……と、物思いに耽りながら五十嵐は胸ポケットに手を突っ込んだ。見事な木目のテーブルに置かれた灰皿を引き寄せ、取り出した煙草に火を着けると、フウッと大きく煙を吐いた。

照玄との付き合いはかれこれ二十年にもなる。お互いの青春時代を共にした数少ない同級生の一人だ。とはいえ、顔を合わせるのは何年ぶりだろうか。少なくとも、刑事課に異動してからは一度も会っていないため、最低でも八年は経っているはずだ。だからこそ、急に連絡があったときには驚きと懐かしさが入り交じった。

しかしながら、彼からの連絡は懐かしさに浸るようなものではなかった。内容が内容なだけにどうしても構えてしまう。今は、友人としてではなく、刑事としてここを訪れているのだと思うとその心境は複雑だった。

一本目の煙草を吸い終わり、早くも二本目を口にくわえたとき、障子に人影が見え慌てて煙草を箱に戻した。すると、音もなく障子が開いて奥から懐かしい顔が現れる。

「忙しいのにすまんね」そう言って、照玄は片手を挙げて入ってくると、向かいに座ってあぐらをかいた。

「全くだ。おかげで、のんびり書類の整理も出来やしねぇ」

ハハッと照れ隠しに嫌みをぼやくと、照玄もそれに合わせて苦笑している。相変わらず頭を丸めない天邪鬼《あまじゃく》さといい、ほとんど変わっていない姿がどこか嬉しかった。中年おやじにしては腹も出ていないし、無駄な脂肪は一切無い。変わったとすれば、鋭くも優しい目付きに貫禄が出てきたことくらいだ。それに比べて俺は……と、五十嵐は自分の腹をさすった。

柔道をやっていた頃の筋肉はすっかり脂肪に変わり、白髪も増えてきた。照玄と共通している点といったら、目尻にシワが刻まれたことくらいではないだろうか。まぁ、お互いそれだけ歳をとったということだろう。

「それにしても、なんだ急に。珍しく飲みの誘いでもしてきたかと思ったんだが……まさか、仕事の話だとはな」

五十嵐は、持ってきた茶封筒をテーブルに差しだした。

「どうしても確認したいことがあってね。手を煩《わずら》わせてすまん」

軽く頭を下げ、照玄は書類に手を伸ばして中を確認し始める。その意外な姿に五十嵐は呆気にとられた。正直なところ、これまで照玄が素直に頭を下げたのを見たことがない。それほど、この書類が大事なものということなのだろう。

彼が今、手にしている書類は、昨日亡くなった安田カヨ子の初動捜査報告書である。自分の部下と鑑識により事故と判断され、書類が回されてきた。勿論、事故扱いに処理した経緯は聞いている。だが、そこに不審な点があるとも思えず、妥当な判断だと言える内容だった。だからこそ、躊躇《ためら》いながらもこうして書類を持ってきたのだ。

「一体、何を確認したいんだ？　まさか、ただの興味本位で俺に危ない橋を渡らせた訳じゃないだろ。資料の持ち出しが厳禁だってことくらい知ってるよな？」

「知ってるさ。だから、こうして頭を下げたのだろう」書類を捲《めく》りながら、照玄は淡々と答えた。

「だから聞いているんだよ。俺が聞きたいのはお前が頭を下げる理由だ。老人の事故死がそんなに気になるのか？　悪いが捜査に不備はない。あれは事故だ」

「なぜ、そう言い切れる」

「状況が物語っているからだよ」

五十嵐はそう言って、腕を組んでふんぞり返った。

いくら簡単な初動捜査だったとはいえ、その道のプロが行《おこな》っていることには変わりない。それに、家族にも鑑識の内容を全て伝えた訳ではなかった。事件性もきちんと考慮し、鑑識は安田カヨ子が頭を打ちつけた柱の周辺も調べていたのだ。

例えば、頭を掴まずに誰かが彼女を後ろから突き飛ばしたとする。そうなると、柱の周辺に必ず残るものがある。安田カヨ子本人の指紋だ。

突然後ろから突き飛ばされたら、人は反射的に衝突を避《さ》けようと両手を前に出す。なので誰かに押されて柱に頭を打ったのだとしたら、その周辺に安田カヨ子の指紋が無ければおかしい。だが、柱の周辺からは指紋が検出されなかった。勿論、両手を後ろで縛られていた形跡もなく頭部以外は綺麗なものだった。

つまり、自分から柱に突進したとしか考えられないのだ。加えて、金品の盗難は一切ない。そして第一発見者の証言。これだけの状況証拠があれば、不幸な事故だったと判断するのが妥当だ。そのことを告げると照玄はようやく顔を上げた。

「もし、カヨ子さんが病気ではなかったとしたらどうする?」

「なるほど」

五十嵐はゆっくりと鼻から息を吐いた。

まともな人間が自ら柱に突進することなど考えられない。もしそうだとしたら、今度は自殺する理由がなければ変だ。

「しかし、目撃証言もある以上、安田カヨ子が何かしらの病気を患《わずら》っていた可能性は高いぞ」

「その目撃証言というのは、第一発見者のホームヘルパーのことを言っているのかね?」

「そうだ」と、五十嵐は大きく頷いた。

「彼の聴取内容と部下からの話を聞く限り、安田カヨ子は認知症だった可能性が高い」

「ならば、そのホームヘルパーが嘘の証言をしているとしたらどうだ? 彼以外、カヨ子さんが認知症だったと感じた者はいないのだろう?」

「ひょっとして、お前はそれを疑ってるのか? 第一発見者が何らかの理由で嘘をついている……と？」

「そうではない」と、照玄は頭を振った。

「私が言いたいのは、簡単に事故で片付けるようなことはせず、そうした可能性も視野に入れてもっと深く考えるべきだということだ」

「そんなことは、言われなくてもわかっているさ。警察だって馬鹿じゃない」五十嵐は、眉根を寄せると口をへの字に曲げた。

勿論、第一発見者が嘘の証言をしている可能性だって一度は考慮した上でのこと。ありとあらゆる可能性を考慮し、その上で事故だと判断しているのだ。

「まぁ、お前の言いたいことはよくわかる。だがな、俺たちも薄い可能性をいつまでも追いかける訳にはいかないんだ。新たに他殺の可能性が出てこない限り、今回の件は終了になるだろうよ」

「ならば、他殺の可能性が出てくれば再調査になるという訳だな？」

「そりゃあ、そうなるだろ。なんたって殺人事件に切り替わる訳だからな」

「ほほぅ」と、照玄は鬚をなぞった。その表情にはどこか含み笑いがある。その仕草に五十嵐は顎を引いた。照玄が笑いながら鬚を弄るときは、決まって何かがある。

「一つ、聞いてもいいか？」

「なんだ？」

照玄の問いかけに、五十嵐はふんぞり返った背を前に傾けた。

「この報告書には載っていなかったのだが、警察は捜査の際に部屋の仏壇を動かしたりしたかね？」

「仏壇？　いいや、そんな報告は受けてないな。そもそも、初動捜査は現場を維持するのが基本だ。勝手に動かしたりはしないさ」

「そうか。ならば、やはり変だな」

そう言って照玄は目を伏せた。その顔からは含み笑いが消えている。

「仏壇がどうかしたのか？」

「あぁ、ちょっとな」

照玄はその場で立ち上がると、近くにあった戸棚を開けて中から分厚い本を取り出した。

「これを見てくれ。三十二ページ目だ」

手渡された本の背表紙には【仏具大事典】と書いてある。こんな本があるのかと興味を示しながら言われたページを捲った。そこには、見開きに亘って仏壇に備える仏具と、その置き方が写真で解説されていた。結果的には全て揃えた方がいいですよ……といった購入のすすめが見え隠れしているのがなんとも面白い。

ページを眺める五十嵐の頭上に、照玄が言葉を投げかける。

「そこに書いてあるように、仏壇に備える仏具やお供え物にもその置き方に決まりがある。

まぁ、この場合はマナーと言った方がいいかな」

へぇ……と、五十嵐は相づちを打った。そんなマナーがあること自体知らないし、正直、興味もない。

「それがどうかしたのか？」

「家でご飯を食べるとき、普通、茶碗はどちら側に置くかね？」

この男は本当にマイペースだ。質問を別の質問で返され、呆れながらも「茶碗？」と五十嵐は自分の食卓を思い浮かべた。いつも嫁が並べてくれているのは、茶碗が左。汁椀が右だ。

「左……だろ？」

「そう、左側に置くのが普通のテーブルマナーだ。しかし、仏壇に供える場合は逆に置かなければならない。あくまでも仏壇の中にいる霊に向けて供える訳だからな」

つまり……と、照玄は本の写真を指差した。

「仏壇には茶碗が右。汁椀を左に置くのが決まりだ。だがな、安田家の仏壇に置かれていた茶碗は左側にあったのだよ」

「それで、他に誰かが部屋にいて動かしたんじゃないか……ってか？」五十嵐は鼻で笑いながら、首を左右に振った。

「そんなの、たまたま婆さんが間違っただけなんじゃないか？　または、知らなかったかのどっちかだろ」

五十嵐の答えに、今度は照玄が鼻で笑った。

「それは考えられないな。カヨ子さんは、毎日仏壇の手入れをしていたくらい信仰が深かった方だ。そんな方が間違えたりはしないはず」

「だったら、知らなかったということも無いか」五十嵐は、「うーん」と腕を組んだ。

「それと、カヨ子さんは亡くなる直前まで仏壇に向かっていたはず。なのに、仏壇の前に座布団がなかったのは逆に変だとは思わないか?」

確かにあの部屋にいた理由を考えると、仏壇に向かって手を合わせていた可能性は高い。柱に頭を打ちつける前に、わざわざ座布団をしまうということも考えにくい。部屋には他にも座布団が積まれていたことから、最初からなかったということもないだろう。首を傾げながら状況を整理していると、照玄は何かを思い出したように、「それと」と人差し指を立てた。

「一つ情報を付け足しておこう。それを踏まえた上で、もう一度今回の事件を考察してもらいたい」

顎を引いて改まる照玄に、五十嵐は胸ポケットから手帳を取り出した。ここまで来ると、ただの空論にはなりそうにない。場合によっては、本当に捜査の再検討も考えられる。

「右側に置いてあった汁椀なんだが、何故か中身が空だったのだよ」

「お椀だけ置いてあったってことか？」

「そう。茶碗には、しっかりとご飯がよそられていたんだがね」

その様子を伝える照玄に、ペンを持つ手が硬直しジワリと汗がにじみ出た。本来、置かれているべき位置になかった空の汁椀。そして、仏壇の前に座布団がなかったこと。これらを結びつけて考えると、一つの仮説が生まれてくる。

「誰かが、仏壇に供えてあった汁椀を座布団にこぼしたってことか」

ボソリともらした言葉に、照玄は満足気に頷いた。

仏壇の上に供えてあった茶碗と汁椀を誰かが何かの拍子でひっくり返してしまった。ご飯は元に戻せても汁椀の中身は戻せない。その痕跡を隠すため、何者かが茶碗と汁椀を元に戻して汚れた座布団を持ち去った。そう考えると一連の違和感は解消される。

それと同時に、あの部屋には他に誰かがいたという証明になってしまう。まさに、他殺の可能性が浮上してしまう根拠に他ならなかった。

五十嵐は手帳にメモを取ることもせず、そのままポケットにしまい込むと、代わりに煙草を取り出した。

「吸ってもいいか？」

「あぁ」と、灰皿を突き出され、すぐに火を着けて煙を吸い込んだ。身体中に染み渡るニコチンが、激しく打ちつける心臓の鼓動を和らげてくれる。それでも汗がひくことはなかった。

「しかし、他殺だとすれば犯人はどうやって安田カヨ子を殺害したんだ？　相手に触れることなく、柱に向かって突き飛ばす方法なんてあるか？」

気持ちを落ち着けようと問いかける。だが、二十年来の友人はにべもない。

「さぁな。その方法を見つけるのが警察の仕事ではないのかね」

「なんだよ。そこまで言っといてそれかよ」と、五十嵐は頭をかいた。

「ただ、他殺だとすればそれを行う理由があるはずだろう？」

「動機か。確かにな」

「物事には必ず理由があるものだ。事故であろうと他殺であろうと、カヨ子さんが亡くなられた以上、その理由や方法は必ずある。それを明確にせずして彼女の供養は出来ん。だから、こうしてお主に来てもらったのだよ」

なるほどそういうことか……と、五十嵐は部屋の壁をじっと眺めた。先ほど読めなかった掛軸の文字が今ならハッキリと読める。

物事には必ず理由がある。照玄の言葉通り、あれは【因果応報】と書いてあるのだ。

「だったら、しっかり供養してもらわないとな。でないと俺が怨《うら》まれそうだ」

捻《ひね》り出すように言葉を残すと、五十嵐は煙草を灰皿に押し付けた。

煙草の先端から紫煙が上っていく。その様子が、このときばかりは不気味に見えた。

2

天巌寺を出てすぐに五十嵐は署に戻っていた。安田カヨ子の事件をもう一度洗い出す必要がある。デスクに腰掛け、インスタントコーヒーをすすりながら初動捜査報告書に目を通した。

仏壇か……確かに捜査の落ち度はあった。ここに仏壇に関する記述が一切ないことが何よりの証拠だ。だが、部下を責めることは出来ない。自分も一度は目を通して事故だと判断しているのだ。

勿論、事故ではないという結論に至った訳ではない。あくまでも、他殺の可能性が浮上しただけであり、全ては憶測に過ぎないことではある。茶碗の位置が違っていたのと、座布団がなかったという理由だけでは殺人事件として捜査を再開することは出来ない。だからこそ悩ましかった。

一度、処理してしまった事件をひっくり返すのは容易なことではない。確たるものがなくてはならない上、人員を用意する必要が出てくる。生憎、現在その両方が欠如していた。

だが、照玄と約束した以上、うやむやにすることは出来ない。自分が目一杯、動くしかなかった。

それにしても不可解な案件だ。事故にせよ他殺にせよ、安田カヨ子の死に方は普通ではない。

仮に他殺だとすれば、安田カヨ子はなぜ殺されなければならなかったのか。恨みをかうような人物には思えない。そういう人物は、生前から何かと話題に上がるものだ。

頭の片隅で、そんなことを考えていると報告書の一文に目が留まった。部下が聞き取りをしたのは美香という女性で安田カヨ子の孫にあたる。報告書にもそう記されていた。だが、情報によれば孫は三人いるはずだ。それなのに、ここには美香の名前しか載っていない。

電話でのやり取りはあったはずだが、残りの二人は現場に来なかったということだろう。平日の夕方という忙しい時間帯になるため、仕事を抜けられなかったと言われればそれまで。だが、今回の件に関して言えばそんな些細《ささい》なことまで気になってしまう。あえて来なかったのではないか……と。

安田カヨ子が倒れていた場所は奥まった部屋になる。物盗りの犯行ではないため、もし殺人事件だとすれば身内や知り合いの犯行である可能性は高い。

さて……と、五十嵐は目の前のパソコンを操作し、署内の情報課にメールを打った。取り急ぎ、二人の孫の住所と連絡先を調べてもらうつもりだ。

今のところ他殺の可能性に関しては、これといった情報が全くない。本来ならば遺体を解剖するのが一番だが、それだと遺族と上司の両方から許可を得なくてはならない。地道に足で稼ぐしかなかった。

この二人から、何か出てくれればいいのだが――。

ふと、壁に掛けてある時計に目を向けると、午後七時半を回っていた。腹が減る訳だ。恐らく今日も帰るのが遅くなるだろう。顔を歪めた嫁の顔が頭に浮かぶ。全く……しばらくぶりの再会だというのに、随分《ずいぶん》と面倒なことを押しつけられたものだ。憎たらしく鬚をさわる照玄の顔を思い浮かべながら、デスクの固定電話を手に取り出前を頼んだ。

三十分後に、もやしラーメンが届いた。五十嵐はいつも決まってこれを頼む。味噌ベースのスープに、これでもかというくらいもやしが載せられているのが最大の売りだ。ここのラーメン屋は特別うまい訳ではない。出前を頼むのは、注文してから届くのが早いという、ただ単純にそれだけの理由だった。この店のラーメンを昼の時間帯に注文する奴はこのフロアに何人もいる。ただ、夕飯として注文するのは自分くらいだろう。

現在、このフロアには三人しか残っていない。大きな事件でもない限りいつもこんなものだ。最近は特に人件費にうるさく、どの部署も定時に上がるようにとの指示がきている。本当だったら、自分だって今頃は家に帰っているはずなのだが。

そんな愚痴を胸中で呟きながら、両手を合わせて割り箸を割ったときだった。開きっぱなしだったパソコンのメール受信ボックスに新着の文字が見え、慌ててマウスを握り直した。

「おっ、なかなか仕事が早いじゃねぇか」思わず、画面に向かって呟いた。

早速、情報を送ってくれたようだ。しかも、ありがたいことに二人の勤務先まで添付してくれている。五十嵐は袖を捲りあげると、早速、名前と住所に目を通した。どうやら、二人とも市内に住んでいる訳ではないようだ。だとすると一番近いのは、長女の美香のアパートになる。それでも、現場からは車で四十分はかかる距離だった。

他の二人に関しては、どちらも一時間以上かかる場所に住んでいる。いずれにせよ、安田カヨ子の家に気軽に遊びに行けるような距離ではなかった。

まぁ、わざわざ家を出ていったくらいだから、近くに住む訳がないか。ならば、と三人の職場に目を向けたが、こちらも距離的にはさほど変わりはない。どのみち、移動するとなれば車になりそうだ。

とりあえず明日、三人の会社をあたることにした。平日も働いているとすれば、安田カヨ子の死亡推定時刻付近に外出がなかったかくらいはわかるだろう。

この事件が身内の犯行だとしたら、アリバイから崩せば簡単に目星はつけられる。その上で、動機の裏付け調査が出来ればそれでいい。それでも何も出なければ、この件は事故だと結論づけるしかない。

ただ、問題なのは照玄がそれで納得するかどうかだ。中途半端な結論では彼が満足する訳がない。

「ったく、面倒くせぇ」

天井を見上げながら、無造作に頭をかきむしった。

「あれっ、五十嵐さん。まだいたんですかぁ？」

突然背後から声が聞こえ、振り返ると、そこには廊下から顔を出す女性警察官──滝沢《たきざわ》柚希《ゆずき》の姿があった。

刑事課に所属して二年目という新米刑事だが、強気な性格からかパンツスーツ姿が生意気にも様になっている。黒いショートカットヘアーに猫のような大きな目が、彼女をどこかやり手のキャリアウーマン風に見せていた。勿論、それは見た目だけで中身はまだまだ新人だ。起こしたドジも数知れない。

「お前こそ、帰ったんじゃないのか？」

「そうなんですけど、携帯忘れちゃったんで取りに来たんですよ」

なんだか、手元にないと不安で不安で……と、柚希は自分のデスクに歩いていく。「それにしても、何をしてたんです？　こんな時間に出前まで取って。麺、伸びちゃってますよ」

そうだ、しまった……と、慌ててラーメンに箸を入れたが既に遅かった。すっかりふやけて勝手に大盛りになっている。コシなんかさっぱり感じられず、箸で持ち上げると麺が勝手に切れていく。

「ああ、くそっ。なんだよこれ」

誰にあたることも出来ない苛立《いらだ》ちに、割り箸をゴミ箱に放り投げた。

「どうしたんですか。そんなにピリピリして」

お前が簡単に上げてきた、安田カヨ子の初動捜査報告のせいだよ……と、言いたかったがそこはグッと堪えた。彼女も、悪気があってしたことではないのだ。

「ちょっと、安田カヨ子の件でな」

「それって昨日のお婆ちゃんですよね。それがどうかしたんですか？」

そう問いかけておきながら、柚希の目線は手元の携帯に落とされている。終わった件として大して興味がないようだ。

「他殺の可能性が出てきたんだよ」

「えっ、他殺？」

途端に携帯画面に向けていた顔を持ち上げ、彼女は目を剥いた。

「どういうことですか？　物盗りの可能性はなかったはずですよ。部屋は乱れた様子もなく綺麗な状態でしたし、誰かが彼女を押した形跡も無かったんですよ」

それに……と、柚希は隣のデスクに移動すると勢いよく腰をおろした。

「ホームヘルパーの証言もありますし、認知症から来る突発的な行動だったのは間違いないはずです」

先ほどまで携帯に夢中だった人間が一気に言葉を吐きだした。自分が関わった件を覆《くつがえ》されるような発言が腑《ふ》に落ちないのだろう。

「俺も最初はそう思っていたさ。だがな、見つかっちまったんだよ」

「見つかった？　何がです？」

「誰かが、部屋を荒らした形跡だ」

「そんなっ」と、柚希は大きな目をさらに大きくさせた。もう、携帯のことは気にならないようだ。すっかりバッグにしまい込んでいる。

五十嵐は、例の仏壇の件を彼女に話した。あくまでも可能性に過ぎないが、一度気になってしまうと第三者の存在が関わってくるように思えてしまう。柚希も、同じように感じたのだろう。話を聞き終わると、廊下から見せた顔とは違い神妙な面持ちを見せていた。

「でもそれ、変じゃありませんか？　金目の物は一切盗られた形跡はなかったのに、誰かが仏壇を弄った訳ですよね？　犯人がいるとしても、どうして仏壇なんかに触れたのでしょうか？」

「さぁな。何かの拍子にぶつかったのかもしれないし、目的があって仏壇を弄っていたのかもしれん。いずれにしても、第三者の存在が匂う以上は知らんぷりは出来んだろ」五十嵐は項垂れながら、太い腕を組んだ。

柚希は心配そうにパソコンのモニターを覗き込むと、「やるんですか？　再捜査……」と眉根を寄せた。　彼女なりに責任を感じているのだろう。

「一応な。ただし、確証となるものが出るまでは公《おおやけ》にするつもりはない。人員が不足している中、何やってんだと言われるのが目に見えてるからな」

「だったら、私もやります」

スッと立ち上がり、真っすぐな目線を寄こしてくる柚希に五十嵐はため息を吐いた。

「やめとけ。何かあったら巻き添えくらうぞ」

「何言ってるんですか。巻き添えも何も、元はといえば私が担当してたんです。むしろ、五十嵐さんに任せる方が変ですよ」

口を尖らせ、柚希はデスクを叩いた。その姿に、過去の自分がダブって見える。異性ではあるが、自分もこうしてよく先輩に食らい付いていた。そして、何度も怒鳴られ続けて今の自分がいる。最近は、そんな感情になることもめっきり少なくなっていた。若さとは良いものだ――。

観念するように、「わかったよ」と頷いた。そして「それじゃ、一つお前に任せたいことがある」と、続ける。

「なんですか？」

柚希は目を光らせて身を乗りだした。

「もう一度、安田家に行ってきてくれ。俺は、孫たちの職場に出向いてそれぞれのアリバイを確認してくる」

五十嵐の言葉に、柚希は力強く頷いた。

「遺体を見てくればいいんですね？　どこか不審な点がないか、再度チェックしてきます」

「それと仏壇もな。出来れば茶碗か汁椀どちらでもいいから、上手いこと言って借りてきて欲しい。遺体を解剖するのは厳しいが、指紋鑑定くらいならなんとかなる」

「それで、安田カヨ子以外の指紋が出たら、その人を問い詰めるって訳ですね？」

「まぁ、そういうことだ。それが出来れば一番早い」

そう上手くいけばの話だが。

五十嵐は、伸びたラーメンからチャーシューをつまみ上げると、そのまま口に放り込んだ。

やっぱり今日はついていない。最後の砦だったはずのチャーシューも、今日に限ってまずかった。

3

ポツリポツリと、雨が屋根を打ち付ける音が耳に入った。今日も雨か……と、目を開けることもなく典弘はその音に聞き耳を立てた。

何だか、全く寝た気がしない。昨日、仏壇の清掃を終えてから照玄和尚とは会えなかったため、心に靄がかかったまま寝つくことが出来ず、結局、朝を迎えてしまった。間もなく、目覚ましとなる宿舎の振鈴《しんれい》が鳴る頃だろう。完全に寝不足だ。こんなことは初めてになるため、今日一日が心配になってくる。

せめて、身体だけでも休めないと……そう思い、残りわずかな時間を静かに横たわって過ごそうとしていたときだった。

突然、胸の辺りが苦しくなった。上から何者かに押さえつけられたような感覚だ。

布団越しに伝わるこの感覚は人のものとは思えない。例えるならば、小さな赤ん坊が上に載っているかのようだった。息苦しいが、恐怖で目を開けることが出来ない。

ギュッと目を瞑《つむ》り、気のせいであることを祈っていたが、押さえつけられた圧力は次第に上へ上へと上がってくる。遂には喉元にまで来ていた。そのまま首を絞められるのではないかと身体が硬直したとき、鼻の頭に激痛が走り、思わず典弘は「ぎゃぁ！」と、声を出した。

何かに噛みつかれたような感覚にとうとう目を開けると、胸の上にダイコクが載っているではないか。

「なんだよ。お前かぁ」

ふてぶてしく腰をおろしたダイコクは、起きろと言わんばかりに「マー」と声をあげた。何で、ダイコクがこんなところにいるのだろうか。宿舎の戸は閉まっているはずだ。一体、どうやって部屋に入ったのだろう。

いずれにしても今は勘弁して欲しい。少しでも休みたいのだ。お前を相手にしている暇はないよ……と、典弘は両手でダイコクをどけて再び布団を被りなおした。

すると今度は、頭に向かってポスポスと肉球を押し付けてくる。いや、押し付けてくるというよりも、パンチを受けていると言った方が適切だ。しかも、これがまた結構痛い。たまらず、「もうっ、何さ」と立ち上がった。いくら先輩だからといって許せる限度がある。こうなったら捕まえてこらしめてやる。そう思い、典弘が腰を落として構えた瞬間に、ダイコクは出口に向かって歩きだした。

一度こちらを振り返り、再び「マー」と一言。もう、完全に馬鹿にしているとしか思えない。

「待てぇ！」

尻尾を振りながら、颯爽と逃げていくダイコクの後ろを、寝間着のまま追いかけた。

ダイコクは階段をかけおり、食堂の方へ向かっている。しめた。そこに入れば最後、もう袋のネズミ……もとい、袋のネコだ。

後を追って食堂に入ると、典弘はすぐさま扉を閉めた。

背中越しに、動揺しているダイコクの顔が目に浮かぶ。これで逃げられない。あとは、じっくりと追い詰めて取っ捕まえてやる。不敵な笑みを浮かべながらゆっくりと振り返った。

その瞬間、一気に目が覚めた。

扉を閉めて、動揺したのはダイコクではなかった。自分の方だ。

食堂の長テーブルには、何故か照玄和尚が腰かけており、ダイコクは彼の膝の上でくつろいでいる。

一瞬、人違いかと思って目を擦った。彼がこんな早くに起きている訳がない。夢を見ているのかと、確認のために頬をつねった。とっても痛かった。

「ようやく起きてきたか。なまぐさ小坊主め」

この皮肉めいた台詞と低い声は夢でも何でもない。これは間違いなく現実であり、目の前にいるのは照玄和尚だ。

「えっ、何でこんなところにいるのですか？」

「いたら、何か問題があるのかね」

照玄和尚の機嫌が読めない声色に、典弘は慌てて手を振る。

「いいえ、そういう訳じゃ。今日は、お早いご起床だなぁ……って」と言うと、彼はゆっくり頷く。

「やることが沢山あるのだよ。お主にも手伝ってもらいたいことがあってな。こうして、ダイコクに起こしに行ってもらったのだ」

ありがとうな、と、照玄はダイコクの頭を撫でた。ゴロゴロと喉を鳴らして太ももに頬ずりをするダイコクは、本当に彼を慕っているようだ。自分に対する態度とは雲泥の差があった。

何かおかしいと思ったら、やっぱりこの人の仕業か。勘弁してよ……と、内心で思いながら典弘は頭をかいた。

「手伝いって、また何かするんですか？　僕、昨日の件で眠れなかったんですよ」

「なんだ。そんなに気にしておったのか」

「当たり前じゃないですかっ。だって、あの部屋には他に誰かがいた可能性があるんですよね？」

興奮気味に声を出すと、照玄は「ほぅ」と顎鬚をなぞった。

「仏壇の異変に気付いたということか」

「はい、一応」と、伏し目がちに頷いた。

毎日、仏壇に手を合わせている身なのだから気が付いて当然である。むしろ、気付くのが遅すぎるくらいだ。

「だったら尚更、手伝ってもらわないといかんな。お主も、気になるのだろう？」

「そりゃ、そうですけど。そういったことは、警察に任せた方がいいんじゃありませんか？　僕たちが事件解決を目指してどうするんです」

「何を言う」と、照玄は眉を吊り上げた。

「誰が事件解決を目指して、お主に手伝って欲しいと言ったのだね」

「えっ、違うんですか？」

てっきり、また聞き込みのような真似をさせられるのだと思っていた。

「私が気になるのは、カヨ子さんが無事に成仏出来るかどうかだけだ。事故であろうとなかろうと正直言って関係ない。彼女の供養を精一杯してやるのが私たち僧侶の務《つと》めだろう？」

膝の上に載るダイコクを静かにおろすと、照玄和尚は立ち上がった。

「お主に頼みたいのは、そんな供養の手伝いなのだが。それでも嫌かね？」

「とんでもありません」

典弘は首を振った。そういうことであれば話は全く変わってくる。そもそも、しっかりと供養の手助けが出来るようになるために、この天巌寺に修行に来ているのだ。

「供養とあらば断る理由がありません。お手伝いさせていただきます」と、頭を下げた。

「それを聞いて安心したよ。では、早速とりかかってくれるかね」そう言って、彼は椅子の下に置いてあった袋を持ち上げた。

半透明のビニール袋の中には、水色のゴム手袋が透けて見える。

「これ何ですか？」

袋を受け取って中を覗き込んだ。中には、ゴム手袋の他にスポンジとタオル。それと何故か少量の砂と小さなシャベルが入っている。

「今から墓地へ行き、安田家の墓を綺麗にしてきなさい。まず花立の水を取り替える。そして、古くなった卒塔婆《そとば》を抜き、それから線香受けの砂を入れ替えるのだ」

「それはいいですけど、僕が勝手にやっていいんでしょうか？」

「残念なことに、カヨ子さんのご家族は働き盛りの孫たちしかおらん。恐らく、忙しくて墓の掃除が出来んだろうからな。代わりにやってあげた方がいいだろう」

確かに、仕事を抜けられなかったのか美香さん以外のご家族の方には会ってもいない。納骨前に一度、墓を綺麗にしておくべきであることはわかる。

典弘は「わかりました」と、頷いた。

それにしても、タオルの必要性があるのだろうか。拭くにしても外は雨だ。すぐにまた雨水で汚れてしまう気がする。そう考えると墓掃除自体が無意味なものになる気もするが、そこは仏壇の掃除と同じ。やることに意味があるのだろう。

「念のために言っておくが、取り替えた卒塔婆や砂は勝手に捨てるでないぞ」

「わかっています。清めてからでないと駄目なんですよね」

「そういうことだ」と、照玄は小さく頷いた。「玄関に、カッパを用意しておいた。使うといい」

「ありがとうございます」

頭を下げると、ビニール袋を手に食堂をあとにした。


着替えを済ませ外に出ると、本格的な雨が降っていた。いつも綺麗な池の水が濁り、優雅に泳ぐ鯉の姿も見えない。風こそないが、至るところに落ち葉が散らばった境内を眺めるとため息が出た。

雨が上がったあとの掃除ほど大変なものはない。いつもの三倍の労力を費やすことになる。それに比べれば墓の掃除など楽なものだ。

なるべく早めに終わらせて、宿舎に戻ろう……そんなことを考えながら、誰もいない墓地をビニール袋片手に進んでいった。

安田家の墓は探さなくてもすぐにわかる。高い位置に設置された、旧家ならではの立派な墓は遠目からでもよく見えた。屋根付きの大きな灯籠《とうろう》が置かれ、小さな水子《みずこ》地蔵もある特徴的な墓だ。

墓の前まで来ると、固定式の花立に菊の花が供えられているのが目に留まった。雨のせいで花びらに元気はないが、最近供えられたのか色は鮮やかなままだ。安田家の仏壇に供えてあった菊の花と、同じ色合いだったことから、恐らく生前のカヨ子が飾ったのだろう。ひょっとしたら、カヨ子が亡くなった当日も、彼女自身が墓参りに来ていたのかもしれない。だとすれば、一体どんな気持ちで手を合わせていたのだろうか。

とりあえず水の取り替えをあとにし、先に線香受けの砂を出すことにした。水色のゴム手袋を装着し、袋からシャベルを取り出す。燃えきらなかった線香が混ざった砂をすくい、手際よくビニール袋につめていった。

空になった線香受けに新しい砂を流し込むと、今度は墓石の後ろに数枚ほど立てられた古い卒塔婆を引き抜いていく。それでも、二枚だけは残しておいた。ここに、新しくカヨ子に対する供養の卒塔婆が立てられることを考えると、ご主人と息子さんの卒塔婆が横にあった方がなんとなく寂しくない。こうする決まりはないが、これは自分なりの配慮だった。

さて、それじゃやりますか……と、典弘はタオルを手にした。

塔婆立てから順に墓石を丁寧に拭いていく。勿論、すぐに雨水で濡れる。それでも一生懸命に磨いていった。今の自分に出来る供養の手伝いはこれくらいしかない。手を抜くようなことはしなかった。

一通り磨きあげると最後に花立に手をかけた。固定された石の花立をゆっくりと回して外していく。中の濁った水を捨て、新しい水に替えると花を元に戻した。

菊の花はまだ元気そうだった。雨さえなければさぞ綺麗に咲いていたことだろう。この花も、どのみち葬儀のときには替えることになる。だが、カヨ子が最後に供えた花かと思うと、今は残しておくことにした。

典弘は、石段をおりて振り返った。磨きあげた墓石に目を向けると心なしか光って見える。雨は降っているが、心はどこか晴れやかだった。

どうか、カヨ子さんをよろしくお願いします……と、両手を合わせて頭を下げると、ビニール袋と卒塔婆を持って歩きだした。

天巌寺に戻ると、既に他の者たちにより室内の清掃が始まっていた。雨の日は、主に本堂を中心に拭き掃除を行うことになっている。

自分が墓地に行っていたことは皆にも知らせていたようだ。室内掃きのほうきを持った中単《なかたん》の修行僧に、「おう、お疲れ」と声をかけられた。

中単というのは修行に入った順番を意味する。入ったばかりの者から順に末単《ばったん》、中単、高単《こうたん》と位置づけられているのだ。

今回、呼びかけてくれたのは怜賢《りょうけん》という名の修行僧で、当然典弘よりも修行は長い。年齢も八歳ほど上になり自分の中では兄のような存在だった。何かとお世話になっており、照玄和尚についいて色々とレクチャーを受けたこともある。ちなみに、照玄和尚を起こしに行って喝を入れられた修行僧というのは彼のことだ。そんな怜賢が心配そうに眉根を寄せて言ってきた。

「照玄和尚が、供養塔で待っているそうだ」

「供養塔……ですか?」

「お前、何かやらかしたのか?」

「いえ、別に罰を受けている訳じゃないんです。多分、これを持って来いってことだと思いますよ」

墓地から持ち帰った卒塔婆を見せると、「なんだ、そっか」と、彼はつまらなそうな顔を見せた。何だかんだ言っても、他人からすれば照玄和尚からの罰ゲームを見るのが楽しいのだろう。

「残念でしたね。罰じゃなくて」

「人聞きの悪いこと言うんじゃない。俺は心配して言ってやってるんだぞ。ここ連日、お前だけ和尚に連れ回されてるだろ？　うちらの中でも噂になってるぞ。ひょっとしたらお前がとんでもない行いをして、破門にでもなるんじゃないかってな」

「ええっ？」と、典弘は目を丸くした。「ちょっと、そんな変な噂話はやめてくださいよ。ありませんよそんなこと」

「だったら、一体お前は何をやってんだ？」

「それは……」と、目をそらすと怜賢は訝《いぶか》しげに顔を覗き込んでくる。何？　と、言われても上手く説明することが出来ない。

「あっ、まずいです。急がないと照玄和尚に怒られちゃう」

その場で足踏みするようにして、典弘は咄嗟《とっさ》に身体の向きをくるりと変えた。

「お、おいっ」

「すみません、失礼します」

それこそ下手に話をして噂が広まったら困ってしまう。彼には申し訳ないが、逃げるように供養塔に向かって走りだした。

供養塔は、本堂を隔てた離れにある。ここは、主に古くなった仏像や仏具などを祀《まつ》る場所だ。他にも、こうして古くなった卒塔婆などを一時的に保管するのにも使われている。

預けられた仏具や卒塔婆は和尚が供養の経を詠んだ後、火にかけられる。通常ならばある程度まとめて供養するものだが、安田家は葬儀を控えていることから、これだけでも先に済ませてしまおうと考えているのかもしれない。

供養塔の石段を上り、カッパを脱ぐと「失礼します」と声をかけて引き戸を開いた。中では照玄和尚が坐禅を組み、祀られた観音像に手を合わせていた。仏事用の高価な袈裟に袖を通した照玄和尚の姿は、いつにも増して威厳を感じる。

「ご苦労だったな。ちゃんと綺麗にしてきたかね？」

「はい。今回こそ万全です」下げてきた卒塔婆とビニール袋を掲げて見せた。

「そうか。それは良かった」

照玄はおもむろに立ち上がり、卒塔婆とビニール袋を大事に抱えると、「おや？」と首を傾げた。

「供花《きょうか》はどうした。なかったのか？」

「いえ、供えられてあったのですが……」

実は……と、墓地での経緯を話した。花を下げなかったのは自分の気持ちも含んだ上の判断だった。内心、怒られるのではないかと肝《きも》を冷やしたが、予想に反して照玄和尚の表情は穏やかだった。鬚をさわり、何度も首を縦に振っている。

「その思いは悪くない。大事なのは故人を思う気持ちだ。中々、粋なことをするではないか」

「あ、ありがとうございます」

ハハッと照れ隠しに頭をかくと、「まぁ、粋は粋でもお主の場合は、生意気の方だがな」と、取って付けたように皮肉を述べられた。それでも悪い気はしなかった。これが、彼なりの誉め方なのだ。

「お主はもう下がってよいぞ。残りの時間は、宿舎で写経でもしていなさい」

「でも、皆さんがまだですので」

本堂の方へと顔を向けた。まだまだ時間的に清掃も終わりそうにない。集団生活を送るなか、自分だけ休むというのは気が引ける。

「皆には私から言っておく。それに、お主には昼からまた手伝ってもらうことになるからな。今のうちに休んでおきなさい」

まだあるのかと内心思ったが、それよりもやけに優しい照玄和尚が気になった。何か、大変な手伝いをさせられるのではないだろうか。

「昼から何かあるんですか?」

恐る恐る尋ねると、照玄和尚はなんてこともないように答える。

「いや、大したことではない。ただ、トヨさんの手伝いをしてやって欲しいのだよ」

「ということは、隣組《となりぐみ》の集まりに参加するということでしょうか?」

「そういうことだ」と、照玄は大きく頷いた。

隣組というのは、簡単に言えば家の近くに住む檀家同士のこと。葬儀などが行われる際に、お互いが家に行き料理や香典《こうでん》返しの準備を手伝ったりする。今回、安田家の葬儀にあたり、総代でもあるトヨが仕切る形で隣組が集まるのだろう。つまりはそれに参加し、一緒に段取りを決めてこいという訳だ。

「僕なんかでいいんですか？　まだ何もわからないのですが」

「トヨさんがいれば大丈夫だろう。それに、良い勉強にもなるぞ」

確かに、こうした機会は滅多にない。葬儀自体は見ることがあっても、その準備に何をするのかは、寺にいるだけではわからないのだ。

「私も顔を出したいところだが、他にやらなければならないことがあるからな。代わりに行ってもらいたい」

「わかりました。では、精進させていただきます」

勉強にもなる上に随分と楽なお手伝いだ。今日はついてるぞ……。

典弘は心の中で手を叩き、頭を下げて扉を閉めた。

4

昼になり、典弘は安田家の近所を訪れた。

佐々木《ささき》という名字で、安田家の斜め向かいにある家だ。

隣組として集まったのはトヨを含めて五人。全員、五十過ぎの女性だった。こうした隣組の手伝いというのは、昔からその家の奥さん、またはお婆さんが務めているそうだ。料理などもするため男は使い物にならない……などと、笑い話で盛り上がっていた。

現在、床の間がある部屋の丸いテーブルを囲むような形で座り、その日に行う役割分担を決めている。典弘は、その後ろで取り決めの様子を眺めていた。

佐々木家の奥さんが中心となり、その分担はスムーズに纏まっていく。名前は雪子《ゆきこ》というらしい、ふくよかなおば様だ。彼女は、見た目の体格もさながら声も大きい。いかにも世間話が好きそうな顔付きをしていた。

「それじゃこれでいいわよねっ、トヨさんどうかしら?」

雪子が覗き込むように顔を寄せると、「そうだね。いいんじゃないかな」と、トヨは頷いた。

「では決まりね。皆もいいわよね？」

ご意見番ともいえるトヨの同意と、雪子の豪腕ぶりに誰も反対する者はいなかった。皆黙って頷き同意を見せた。

典弘がこの話し合いに参加していたとしても、黙って頷くしかなかっただろう。それくらい雪子は発言力があった。おかげで早々に話が纏まったのだが、代わりに全然関係のない話が始まってしまった。旦那の悪口や持病の話など、他愛もない会話が聞こえてくる。むしろ、こっちの話をするために集まっているかのように会話が止まらない。

典弘はというと、すっかり帰るタイミングを逃していた。これ以上、聞いていても意味がないし、正直、男一人でこの場にいるのも結構辛い。

タイミングを見計らって退席させてもらおうと、会話が途切れるのを待っていたときだった。誰かの発言がきっかけで、再び安田家の話に戻った。

「そう言えば、カヨ子さんはどうして柱なんかに頭を打ったのかしら？」

雪子の何気ない一言に典弘は一瞬身構えた。例の仏壇の件があったからだ。

勿論、口は挟まない。他に誰かがいた可能性があるなどと知れたら、とんでもない噂が立つことくらいは容易に想像がつく。特に、雪子には話してはいけない気がする。動揺を悟られないようぐっと堪え、黙って頂いた水を飲んでいると、またしても雪子が口を開いた。

「でもさ、ちょっと変よね。ひょっとして殺人事件だったりしてね」

瞬時に典弘の胸は跳ね上がり、思わず口に含んだ水を吹きだしそうになった。

「これ雪子さん、そういう話はよしなさいよ」

トヨが注意を促すと、雪子は不満げに眉を持ち上げた。

「だって、午前中まで元気そうだったのよ？　何かあったんじゃないかって思うじゃないの。皆もそう思うよねぇ？」

雪子は他の者に同意を求めたが全員複雑そうな表情だった。

トヨから止められた手前、安易な返事を控えているといったところだろう。それでも、雪子は気にすることなく一人その話題で盛り上がる。

「カヨ子さんはあの日、朝一で墓参りに行ってたわ。そのあとどこかに出かけていたのよ。それで、帰ってきたかと思えばアレでしょ？　出先で何かあったんじゃないかしら」

「何かって？」

横に座るベリーショートの主婦が首を傾げた。雪子に劣らない体格の女性だ。

「例えば誰かと揉めたとか。それで、逆上した犯人がカヨ子さんを家に追い詰めて……ドンッ」

両手を前に突き出す仕草をしながら話す雪子に、全員が息を呑んだ。サスペンス調の語り口は昼ドラさながらの演技だ。

トヨは半分呆れた様子だった。再度、何かを言おうと口を開きかけたのだが、その前に雪子の向かいに座る女性が「あのっ」と、声をあげた。

向かいに座っているのは、佐々木家の隣に住む真奈美《まなみ》という名前の女性で、雪子とは対照的にやせ型で物静かな人だ。この日の話し合いでも、これが初めての発言だった気がする。そんな彼女が声をあげたため、逆に皆の視線が集まった。

「あの。私、見たんです」

「えっ、見たって何をよ？」

躊躇いがちに話す真奈美に、雪子が乗り出すように前のめりに構えた。面白い話のネタが聞けるのではないかと目を輝かせている。

「昼過ぎに、ちょっと買い物に出かけようとしたんです。そしたら、安田さん家《ち》から男の人が出てきたの。顔は良く見えなかったけど何だか挙動不審で怪しい人だったわ」

途端に、「嘘っ」という声が重なった。お互いが顔を見合せ目を丸くしているのは、驚きというよりも好奇心が半分以上だろう。何だかんだ言って、典弘もその内の一人になっていた。

確か、カヨ子の死亡推定時刻は午前十一時から午後一時の間だった気がする。だとすれば、彼女が男を見た時間にピッタリと合うことになる。そう考えると雪子の話も、ただの妄想とは言えなくなってきてしまう。話に参加したくなってしまうほど典弘の胸も高鳴っていた。

「誰かが、普通に家を訪ねただけじゃないのかい？」

熱くなった温度を下げるように、トヨは冷静に返すと、「誰かって、誰かいます？　そんな挙動不審な怪しい人」と、雪子が口を尖らせた。

「うーん。例えばほれ、ホームヘルパーさんとか。たまに顔を出すこともあるんじゃないかい？」

トヨの言葉に、典弘の頭には瞬時に風見の顔が浮かんでいた。確かに彼ならば、様子を窺いに訪問することもある。変な先入観から、ただ普通に訪問していた風見を真奈美が怪しい男だったと判断していることだって考えられる。

「ホームヘルパー？　トヨさん、何言ってるのよ。それはないわよぅ」雪子は大げさに手を振った。

「おや、どうしてだい？」

「だって、ねぇ？」と、雪子は周囲に目線を配る。「この辺を担当しているホームヘルパーさんは、若い女性の方だもの」

「えっ、女性？」

雪子の発言に、典弘は思わず声をあげた。突然、後ろから大きな声を出されてトヨは胸を押さえている。

「ちょっと典弘さんや、心臓止まるかと思ったじゃないの。どうしたのさ急に」

「すみません」と、慌てて頭を下げたがこればっかりは流せなかった。

「ちょっと、雪子さんにお尋ねしてもよろしいでしょうか？」

「えっ、あたし？」と、自分を指差すと、雪子は目を丸くしながら「何でしょ？」と背筋を伸ばした。

「この辺は、ホームヘルパーさんが働く施設のようなものが、何軒くらいあるんですか？」

典弘の質問に雪子は首を傾げた。急に割り込んできたかと思えば、この子は何を言っているのだろうか？　といった様子で、口を半開きにしている。

「ええっと……施設なら一つしかないわよ。【優とぴあ】っていうところなんだけどね」

思い出しながら言う雪子に、典弘は質問を重ねる。

「そこから来る担当のホームヘルパーさんが、若い女性ってことなんですか？　男性ではなく？」

「そうよ。今年から新しく入った若い女の子なんだけどね。これが結構可愛いのよ。なに？　あなたその娘のことが気になるわけぇ？」

合点がいったかのように、雪子は目を細めてうすら笑いを浮かべた。何か勘違いされていそうだが、それを相手にするほど余裕はない。「いえ、別に」と、典弘は端的に答えた。

雪子の話が本当ならば、風見は何のために安田家に顔を出したのか。担当以外の場所を気にかけるホームヘルパーが果たしているだろうか。

「ねぇ、今度紹介しましょうか？」

雪子のお節介話が始まったのだが、典弘の頭の中は風見のことで一杯だった。

5

八月の雨というのは、本当にたちが悪い。ただでさえ、気温の高さで汗をかく。その上から雨に濡れ、ワイシャツが身体に貼り付いて気持ちが悪い。午前中からこの調子だったら、昼になる頃には更に気温は上がるだろう。

五十嵐は傘を閉じると、駐車場に止めてあった署の車に乗り込んだ。車内には車内のこもった暑さがある。あまり好きではないが、窓を開ける訳にもいかず仕方なくクーラーのスイッチを押した。

全く、台風が来ている情報も無いのにどうしてこうも雨が続くのだろうか。そういうときに限っていつも外回りをする羽目になる。

もはや呪いだな……と、ボソリと呟き、慣れた手つきでカーナビを操作した。

目的地を設定すると、ここから約二十分近くの場所だった。とはいえ、今日は三ヵ所ほど回らなくてはならない。車を走らせ、忙しなく動くワイパーを眺めると憂鬱《ゆううつ》な気分がわいた。

最初に向かうのは安田家の次男、隆弘《たかひろ》が勤めている会社になる。不動産関係の仕事らしい。

アポを取っている訳ではないため、本人が居るかどうかはわからない。それはそれでよかった。前もって連絡し、当の本人に身構えられた方が本心を聞けない場合もある。それに、何かあると決まった訳ではないため派手な行動は出来ない。本人と話せるかどうか、こればっかりは賭けだった。

目的地付近に到着すると、近くのコインパーキングに車を停めた。この辺りは駅も近く、背の高い雑居ビルが建ち並んでいる。多種多様な会社が所々に看板を掲げていた。

その中の一つに、【タケノネ不動産】と書かれた看板があるのが目についた。隆弘の勤める会社の名前だ。竹の根のように地に着くというゲン担ぎなのか、それとも創業者の名前からとったのかはわからないが、いずれにしてもチェーン店ということはなさそうだ。

一階に構えた店舗には小さなのぼりが出されていた。不動産会社らしい物件情報が窓の至るところに貼られている。まだマイホームを持っていない五十嵐が興味本意で目を向けると、マンションや一戸建ての中古物件が目立っていた。

いずれにしても、そこそこの値段がついていることに違いはない。安月給の公務員には勇気がいるな……と、頭をかきながら物件情報を横目で流すと今度は店内を覗き込んだ。

隆弘らしき男性の姿は見えない。代わりに、四十代後半であろう女性が奥のデスクに座っている。きっちりと毛先が巻かれた髪形に、真っ赤な口紅と濃いアイシャドウ。綺麗な女性であることには違いないが、下手をすれば夜の仕事をしているようにも見える。よっぽど儲けているか、または遊んでいるようにしか思えない。どちらにしても接客で損をしそうなものだ。

大丈夫なのか、この会社は？

そう思いながらガラス越しに眉をひそめていると、こちらを向いたその女性と目があってしまった。その女性もハッとした表情を浮かべたが、すぐさま笑顔になり、扉に向かって手のひらを向けた。声は聞こえないが、真っ赤な唇が『どうぞ』と動いたのがわかる。

五十嵐は、小さく頭を下げて透明なガラス戸に手をかけた。

店内に入ると、「いらっしゃいませ」と、その女性に出迎えられた。名札には【杉原《すぎはら》】と書いてある。その上に代表の肩書きがついていることから、彼女がここの社長ということになるのだろう。

それにしても、近くで見ると化粧の濃さがより一層際立ってみえる。加えて、きつめの香水が鼻を刺激し、思わず顔を背《そむ》けた。ナチュラル系の香水も、ここまで振りかけていると悪臭にしかならない。

「何か物件をお探しですか？」

両手を揉むように擦りながら満面の笑みで首を傾げる女性に、「いえ違うんですよ」と、顔の前で手を振った。

「実は、安田隆弘《やすだたかひろ》さんに少しばかりお伺いしたいことがありましてね。今日は、こちらにはいらっしゃいませんか？」

「はぁ……」と怪訝そうな顔をしながら、杉原はデスクに戻って何かの資料に目を通した。

「安田は生憎外出しておりますが、どういったご用件でしょうか？」

「申し遅れました。私、こういう者です」

五十嵐は、胸ポケットから警察手帳を開いて見せた。途端に、杉原の顔が強張ったのがわかった。

「大したことではありませんので、そこまで気になさらないでください」

「そう……なんですか？」

「えぇ、ただの確認だけです。ご迷惑はおかけしませんので、少しだけご協力お願い出来ませんかね」

頭を下げると、「わかりました。どうぞ、お掛けになって」と、奥の椅子に誘導された。五十嵐が腰をおろす間に杉原は給湯室に行ってきたようで、程なくして盆に飲み物を載せて戻ってきた。半透明のコップに注がれた麦茶を出されると、二人は向かい合う形となった。

「それで、どういったご用件だったのでしょうか？」

彼女の言葉に、五十嵐はゆっくりと息を吐くと胸ポケットから手帳を取り出した。

「安田隆弘さんの祖母が、先日お亡くなりになられたのはご存じですか？」

「カヨ子さんのことですよね。何だか、急に不慮の事故に遭われたとか。葬儀のために週末は有休を取りたいと安田君から言われました」

さらりと答えた杉原に、五十嵐の眉が上に動いた。

「カヨ子さんをご存じなんですか？」

「えぇ勿論。仕事柄、社員の家族くらい把握していて当然です」

意外だったが、なるほど……と頷いた。不動産という高い商品を扱うのだから、社員の家族はターゲットの一つと言っても過言ではない。特に資産を持つ老人や団塊世代の家族情報には目を光らせているのだろう。安田家は旧家ということもあり、ひょっとしたらマークしていたのかもしれない。露骨な発言はしていないつもりなのだろうが、そんな雰囲気が杉原から感じられる。

「確か、まだ八十歳前だったかしら。お元気そうだったのに残念な話ですよね」

　自分の爪を気にしながら杉原は言葉をもらした。決まり文句をただ述べているだけだろう。あまり関心はなさそうだった。

「そうですね。しかも、自宅で一人きりのときに起きたようなので、誰も現場に居合わせていないんですよ。そのため、彼女が亡くなられた時間が特定出来ないんです」

「亡くなられた時間……ですか?」

「ええ。実は、そのことについて、少し不可解な点がありまして、カヨ子さんの死亡推定時刻を再調査しているところなんです」

「不可解?」と首を傾げる杉原に、五十嵐は慌てて手を振った。

「いや、ほんの些細《ささい》なことなので、ただの確認と思ってください。あくまでも裏取りのために、こうして皆さんに情報を聞いて回っているという訳です」

「そんなこと、聞き込みなんかしなくても、遺体を調べれば簡単にわかりそうなものですけど」

　確かにその通りだった。反応に困っていると、「まぁ、いいですけど」と杉原は足を組んで目を細めた。

「彼に尋ねたところでそんなのわからないんじゃないでしょうか」

「そうですか。もし、隆弘さんが一昨日の昼頃にカヨ子さんと会っていたら、時間が特定出来ると思ったのですが」

そう言いながらチラリと、杉原の顔を覗き込んだ。

「うーん。会ってないと思いますよ。一昨日の昼ならば、彼は他の場所で商談していましたから」

「他の場所ということは、ここにはいなかったということですか？」

「ええ。社の車で他県まで行ってましたから、実家に寄る暇はなかったはずです」

他県か……。それが本当であれば、往復の時間を考えても隆弘が安田家に行った可能性は低い。

「ちなみに、隆弘さんが車で出かけられたのは何時頃になりますか？」

「ちょっとお待ちくださいね」と、杉原は横の棚からファイルを取り出した。何の詳細が書かれているのかは確認出来ないが、左上に日時のようなものが見える。

「午前十一時半にここを出て、帰ってきたのは午後一時過ぎですね。まぁ、時間だけみれば寄り道なしって感じですが……」

ひょっとして何か疑いがあるんですか？　と、真っ赤な唇が吊り上がった。

「いやいや、違います。ただの確認です。こういうときにも刑事の癖が出てしまうんですよ」

「そうですか？　ならいいですけど、相手先の印鑑が押された書類も持ち帰ってきましたし、彼のアリバイならしっかりしてると思いますよ」

「アリバイとか、そういう確認ではありませんから」

頭をかいて誤魔化した。どこまで誤魔化せたかは杉原の表情を見ればわかる。絶対に何かあるな……といった疑いの眼差しが痛いほど突き刺さるが、それでもシラを切り通した。

だが、聞いたかぎりでは隆弘のアリバイはしっかりしていた。偶然にしては出来すぎに思うが、カヨ子の死亡推定時刻に隆弘は全く別の場所にいたことになる。多少のズレがあったとしても犯行は不可能だろう。

もっとも、杉原の言っていることが本当ならばの話だが。

「今日は、隆弘さんは何時頃に戻られるんです?」

「さっき出たばっかりなので、後二時間は戻らないと思いますよ。何なら、呼びだしましょうか?」

「あっ、そこまでは結構です。ご迷惑はおかけしない約束でしたので」

「あらそうですか?　お待ちの間、物件のご紹介でもしようかと思っていましたのに」

冗談じゃない。そんな耳の痛い話は聞きたくもなかった。「次に回るところがあるものですから」と、丁寧に断り、五十嵐はそそくさと席を立った。

急いで車に戻ると、次の目的地をカーナビで検索した。別に時間に追われている訳ではないが、これといった収穫がなかったためせっかちになっているのかもしれない。加えて、きつい香水の匂いと物件のダブルパンチですぐにでもその場を離れたかった。

次の場所までは、ここから更に三十分程度。長男の和也《かずなり》をあたる予定だ。

彼は、今回の葬儀で喪主を務めることになるようだが、まだ一回も現場に顔を出していない。仕事が忙しいのかもしれないが、隆弘から何も出なかったことからどうしても期待が高まってしまう。カヨ子の死亡推定時刻、午前十一時から午後一時までの間に彼のアリバイがないとしたら、可能性は一気に高くなる。

そうなれば、あとは署に任意同行してもらって——そこまで考えたところで、首を振った。

そもそも、事件かどうかもわからないのだ。余計な憶測をしない方がいい。妙な期待を抱く自分に釘を刺し、五十嵐はアクセルを踏み込んだ。

走り出すこと約四十分。だだっ広い田んぼ道の真ん中に、大型ショッピングセンターがポツンと建っているのが目に入った。途中でコンビニに立ち寄り、腹ごしらえにおにぎりとサンドイッチを頬張った時間を差し引いても、ある程度スムーズに着いたといえるだろう。

それにしても、何もない場所に突如として現れる大きな建物は、周りの景色と比較して不釣り合いとしか言い様がない。これも企業の戦略なのかもしれないが、もう少し場所を考えて建ててもいいものだ。そんなことを考えながら、五十嵐はショッピングセンターの駐車場へとハンドルをきった。

和也の職場は、そんな大型ショッピングセンターの中にあるアパレル関係の店だった。自分も購入したことがある、名の知れた紳士服チェーン店だ。和也は店長の立場にいるようなので、休みではない限り少なからず店に行けば会えそうなものだ。

ショッピングセンターのロゴが書かれたアーチを潜り、店内に入った。途端に冷たい風が顔に当たる。湿気の多い外と比べて、快適すぎる空間に思わず目を細めた。

館内も平日の割には客入りが多い。買い物袋を持たない者たちが半数以上いる。いかにも、涼みに来ました……という雰囲気があった。

それでも、集客力としては十分だろう。田舎にショッピングセンターが建てられる理由も何となくわかった気がする。他に行くところがない以上、こうして涼みに来るだけでも長時間滞在していればついつい何かを買ってしまいそうなものだ。自分も仕事中でなければ、他の店を覗いていたかもしれない。そんなことを頭の片隅で考えながら、寄り道をすることなくエスカレーターに乗り込んだ。

前にも訪れたことがあるためなんとなく場所はわかっていた。確か、二階に上がったフードコート脇にある店のはずだ。最近ではカジュアルな服も扱い始め、店舗の坪数もそこそこあった気がする。

二階に上がると、遠目に上方に書かれた店の名前を確認した。どうやら記憶に相違はなかったようだ。店内には、従業員らしき人たちと数人の客が行き来している。

さて、どいつが安田和也《やすだかずなり》だ？　なるべく険しい表情を作らないように気を付けながら、五十嵐はワイシャツの襟をただして敷居を跨いだ。

すぐさま、いらっしゃいませの声が掛かる。店内の中程まで進むと、「良かったら、ご試着も出来ますので」と、真っ先に声をかけてきたのは若い女性のスタッフだった。

屈託のない笑顔を振り撒き、見ず知らずの他人の懐にスッと入り込む技術は素晴らしいものがあった。聞き込みの第一声が下手くそな部下にも教えたいくらいだ。

「すみません。ちょっと店長さんにお会いしたいのですが。いらっしゃいますかね？」

「店長ですか？　はい。おりますが、どういったご用件でしょうか？」

急に店長を指名したせいか、その女性の顔から笑みが消えた。クレームの類いかもしれないと構えたのだろう。

「ちょっと、知り合いにこの店を紹介されたものですから。どの方なのかと思いましてね」

やんわりと伝えると再び女性は笑顔になった。

「左様でございますか。ありがとうございます。ただ今、呼んで参りますので少々お待ちいただけますか」

浅く腰を曲げてレジの方へと駆けだした。スーツ姿の男性の横に立ち、何やら耳打ちしているのが見える。どうやら、彼が安田和也のようだ。

こちらに視線を向けて小さく頭を下げられた。知らないオッサンが呼んでいることを不思議に思っただろうが、そんなことは微塵《みじん》も感じさせない、爽やかな笑顔でゆっくりと近づいてくる。

「ご来店ありがとうございます。店長の安田です。ご紹介でのご来店とお聞きしたのですが」

丁寧な言葉を並べて、和也は頭を下げた。日本人離れした彫りの深い顔立ちに、スラッとした体格の和也は、グレーのスーツがよく似合っていた。

「忙しいのにすみません。ちょっとだけお時間よろしいですかね？」

「ええ、構いませんが、どうかされましたか？」

実は……と、周囲に目線を配り、近くに他の従業員がいないことを確認して本題を切りだした。

「少しばかり、貴方にお尋ねしたいことがあったんですよ。安田カヨ子さんについてです」

カヨ子の名前を出した瞬間に、和也の眉尻がピクリと動いた。

「失礼ですが、どちら様ですか？」

「こういう者です」と、五十嵐は名刺を出した。

周囲に影響が出ないように警察手帳は見せなかった。和也は、ジッと名刺を眺めている。平静を保っているが、内心なにを思ったかはわからない。

しばらく名刺を注視していた和也だったが、「刑事さんがどうしてまた？」と小声で尋ねてきた。五十嵐も声のトーンを落として答える。

「ちょっとここでは話しにくいことなので、出来れば場所を変えたいところなんですがね。数分でいいので、どうにか時間を作れませんか？」

「はぁ……」と、和也は力なく相づちを打つと、腕時計に目線を落とした。

「数分でしたらなんとかなりますが」

「お願い出来ますか？」

「では、横のフードコートで待っててもらえますか。皆には、休憩を取ると伝えますので」

「助かります。では、先に行っていますのでまた後程」

頭を下げて、店内をあとにした。

フードコートで烏龍茶《ウーロン》を二つ購入し、一番端の席に腰かけた。周囲に人もおらず、ここならばある程度話も出来る。あとは、どう切り出すかが悩みどころだ。

烏龍茶をすすり込むと手の甲で口元を拭った。和也の第一印象は正直なんとも言えない。冷静にも見えたが演技ともとれる反応だった。

こうなれば、隠すことなく話をぶつけてみても面白いかもしれない。他殺の可能性も視野に入れている……と、告げてみるのも一つの手だ。その可能性があるのは事実だし、たとえ違ったとしても家族ならば弁解もしやすい。

それよりも和也の反応が見たかった。それでも冷静に対応するのか。それとも――。

そんなことを考えていると和也が歩いてくるのが見えたので、五十嵐は片手を挙げて彼を呼び寄せた。

向かい合わせに座って彼に烏龍茶を差し出す。「どうも」と、和也は小さく頭を下げたが手をつける素振りはない。

「いやぁ……突然、無理を言ってすみませんね」

謝罪の言葉を述べたが、「あまりお時間は取れませんので、手短かにお願いします」と、素っ気なく返された。

あまり会話をしたくないのか、先ほどとは打って変わって不機嫌そうな表情を浮かべている。

「では、本題から述べますね」と、五十嵐は姿勢を正した。

「私たちは現在、安田カヨ子さんの死因について捜査しています。和也さんにも少しばかりご質問をしますので正直にお答えいただけますか?」

声のトーンを落とし、真剣な眼差しでそう切りだした。

「死因の捜査って……あなた方、警察から事故だったと聞いたのですが。違うんですか?」

なかなか痛いところを突いてくる。苦笑いを浮かべながら、「そうですね」と頭をかいた。

「確かに初動捜査ではそう判断されました。しかし、色々と調べるうちに違う可能性が出てきてしまったんですよ」

「違う可能性と言いますと?」

「事件の可能性です」

「つまり、誰かに殺されたってことですか?」

五十嵐は、黙って首を縦に振った。

「ただ、あくまでも可能性に過ぎないものですから、こうして皆さんにお話を聞いている次第なんです」

そう言ったあとに、チラリと顔を覗き込んだ。急に、身内の死因が他殺だと告げられたら驚くのが普通だ。たとえ、それが演技だとしても。

だが、予想外にも和也の反応は違っていた。ただ静かに「そうですか」と、呟くだけだった。

「あまり驚かれないんですね？」

「何となく、そんな気がしてたんです」

和也は、テーブルの端をジッと眺めた。

「僕が祖母と最後に会ったのは二ヶ月ほど前になります。ですが、そのときは精神的な異常などありませんでした。それが、急に行動障害を起こして自殺したなどと言われても、僕にはどうも信じられなかったんです」

「なるほど、そうでしたか」と、五十嵐は手帳にメモを取った。

最後に会ったのが二ヶ月前だということは、重要な供述になる。もし、そこに矛盾があった場合、追及しやすい。

「確かにそんな話を聞かされたら、不思議に思いますよね。でも、それならばどうして不幸の知らせがあったときに、家に行かなかったのですか？」

「行きたくても行けなかったんですよ」

「身内の不幸より、大事なことがあったんですか？」

少し意地悪な質問だったかもしれない。途端に、和也の表情が曇った。

「あの日は、昼間から大きなクレームがあって、抜け出すことが出来なかったんですよ。立場上、仕方がないときだってあるでしょう」強めの口調で、和也は口を尖らせた。

昼間からクレーム処理か。まぁ、理由としては納得出来なくもない。

「店長の立場にいるんですもんね。仕事をしている以上、確かにそういうこともありますね」

形式的な言葉を返し、その話もメモに残した。

「それにしても、昼間から夕方までクレーム処理とは大変でしたね。その間、お店を離れていたということですか？」

「いいえ、店を離れたのは、お客様の自宅に向かった昼の間だけです。二時には店に戻りましたが後処理に追われていました」

ということは、和也は昼の間は店にいなかったということになる。場所にもよるが、車での移動ならばそれを理由に店を抜け、安田家に行くことだって可能なはず。

「失礼ですが、念のために店を離れた時間を教えていただけますか。出来れば、伺った相手先の住所もお願いします」

「構いませんが、そんなことを聞いてどうするんですか。まるで、僕が疑われているみたいだ」

心外だ……と、いうように和也は背もたれに寄りかかった。

「いやいや、疑いとかではありません。刑事の聞き込みによくある決まり文句のようなものですよ。小さな情報も収集するのが仕事になるものですから」

それに、と五十嵐は烏龍茶をすすり込むと口角を持ち上げた。「別に、答えられないものでもないでしょう？」

「勿論です。後ろめたいことなどありませんからね」

和也は、ズボンのポケットからスマートフォンを取り出すと画面を操作し始めた。何やら、地図のようなものを表示しているようだ。最近の携帯は凄いな、と機械オンチの五十嵐は感心しながらその様子を眺めていると、こちらに画面を向けられた。

「場所はここです。僕が店を離れたのは昼の十二時。戻ったのが二時になります。これで満足ですか？」

「ちょっとお借りします」と、携帯を受け取り、地図を眺めた。

赤い矢印がついている場所が、和也がクレーム処理に向かったとされる家のようだ。

両脇に田園が広がる県道沿いの地図には見覚えがあった。この先の道を真っすぐ行けば、十分ほどで天巌寺が見えてくるはずだ。

この場所から往復で二十分。ならば、安田家に立ち寄ることも充分に可能となる。堂々と、この場所を提示してきたということは本当に後ろめたいことがないのか。それとも、他にアリバイがあるのか。今は白黒はっきりさせることは出来ないが、それも裏を取ればいずれはわかることだ。

「ありがとうございました」

左上に出ていた住所を手帳に書き写すと、あえて何も言わずに頭を下げて携帯を返した。

「もし、殺人の可能性があるというのであれば、どうか他に目を向けてください。僕のことを調べても時間の無駄ですから」

呆れたように、和也は鼻から大きく息を吐いた。

「ご安心ください。貴方から聞いた話はあくまでも情報の一つ。我々は、あらゆる角度から情報を集めて、一刻も早く真相を突き止めたいと思っていますので」

「そうしてください。でないと祖母の供養に差し支えます。本音を言えば、私たちだってハッキリしない気持ちで葬儀をしたくはないんです」

「そうですよね」と、大きく頷いた。

供養か……誰かさんにも同じことを言われたな。鬚面のニヤケ顔が頭を過《よぎ》り、「努力します」とだけ答えて五十嵐は静かに手帳を閉じた。

「質問は以上ですか？　ならばもう、戻らせてもらいますが」

そう言って、こちらの返事を待つことなく和也は腰を上げた。本当は、もっと突っ込んだ話をしたいところだが仕方がない。今のところはこんなもんだろう……と、合わせるように自分も立ち上がった。

「ご協力ありがとうございました」

「いえ別に。烏龍茶、ご馳走さまでした」

結局、一口も飲まなかった烏龍茶を手に掴み和也は頭を下げた。別れ際、営業スマイルに戻っている辺りは、アパレル店の店長を務めているだけのことはある。

そんな彼に、「あぁ、そうだ」と、わざとらしく手をポンッと叩いてみせた。

「引きとめるようで申し訳ないんですが、最後にもう一つだけ質問してもいいですか？」

「はぁ、何でしょうか」

「和也さんは現在、独り暮らしをされているとのことでしたが、ご自宅に仏壇はありますかね？」

「仏壇？　いいえ」

小さく首を左右に振る和也に、内心『だろうな』とは思ったが口には出さなかった。独り暮らしのマンションに、仏壇を構える若者などそうそういないだろう。無い、と答えることくらいはわかっていた。

「それがどうかしたんですか？」

「いえ、ただ聞いてみただけです。気にしないでください。お忙しいところありがとうございました」

では……と、片手を挙げると踵を返して自分からその場を去った。

和也は今、どんな気持ちで刑事の背中を見ているだろうか。純粋に、意味がわからず首を傾げているかもしれない。

だがもし、和也が事件に関わっているのであればさっきの質問は効いたはずだ。動揺で、営業スマイルは崩れていることだろう。振り返って顔色を窺うのは簡単だが、そんなことはしなかった。

第三章　知らぬが仏

1

ショッピングセンターを出てすぐに五十嵐の携帯電話が震えだした。画面には柚希の名前が出ている。一瞬、何かあったのではないかと出るのを躊躇した。

彼女は今、安田家にいるはずだ。上手いこと茶碗か汁椀を回収出来ているといいのだが。祈るように携帯電話を耳にあてた。

「もしもし、終わったか?」

『ええ、バッチリです。どうにか汁椀を貸してもらえました』

ハキハキとした明るい声に安堵《あんど》の息をもらした。

「そうか。鑑識の方には俺から頼んでおくから、お前はそのまま持ち込んでくれ。勿論、内密にな」

『わかってます。そっちはどうですか？　何か出ましたか？』

「いや、今のところはまだなんとも言えない。とりあえず今から安田美香の勤務先をあたるつもりだ。考察はそれからだな」

次男の隆弘と会っていないため、なんとも言えないのは事実だった。今ある情報だけを見れば、長男の和也は犯行が可能ということになるが、それも今のところは理論上でしかない。

『その安田美香ですが、今日は仕事を休んだそうで安田家にいましたよ。汁椀も彼女に頼んで借りたんです』

「まさかとは思うが、彼女に持ってこさせたんじゃないよな？」

『まさか、そこまで馬鹿じゃないですよ。ちゃんと自分で回収しました。彼女は仏壇にも一切触れていないようで、当時のままにされていました。他の誰かがさわった可能性もないようです』

電話越しにため息が聞こえてきた。頬を膨らます彼女の姿が目に浮かぶ。少しは信用しろと言いたいのだろう。

「ならば、今からそっちに向かう。お前は予定通りに鑑識に向かってくれ」

わかりました、という返事を受けて、五十嵐は早々に電話を切った。

安田家に着いたのは、柚希との会話を終えてから三十分後のことだった。少し車を飛ばしたとしても、ショッピングセンターからは往復で約一時間は掛かる。和也が犯行に及ぶにしても時間的にはギリギリだ。

クレーム処理を迅速に片づけて安田家に立ち寄り、カヨ子を殺害……その後、店に戻るという行動時間を考慮すると、二時間の空白では不可能にも思える。もっとも、本当に和也がクレーム処理をしていたらの話だが。

悶々としながら、安田家のインターホンを指で押した。甲高いチャイムが鳴ると、すぐに引き戸が開いて中から美香が顔を出した。その表情は少しだけやつれて見える。寝不足からか大きな二重の目の下には、うっすらとクマが出来ていた。

「お忙しいのにすみません。少しだけお話を聞かせてもらえますか?」

お決まりのように警察手帳を掲げて名乗りを上げると、美香は不思議そうに首を捻った。

そりゃそうだろう。先ほどまで柚希が来ていたのに、入れ替わるようにまた違う刑事が訪ねてくれば疑問に思うのは当たり前だ。どう話を持っていこうか悩みどころではあるが、玄関先で話す内容ではないため、とりあえず敷居を跨がせてもらった。

すす汚れた太い柱が目立つ室内。旧家ならではの広い玄関は天巌寺と同じ匂いがした。

左手奥の部屋には供花が飾られており、祭壇らしきものが見える。恐らくその更に奥にある襖を開けたところが例の仏壇部屋になるはずだ。仏さんの様子を見てみたいところだが、ある程度話をしてからの方がいいだろう。

黙って美香のあとについていくと、祭壇のある部屋とは反対側の部屋の襖を引き、「どうぞ」と手のひらを向けられた。

小さく頭を下げて中を見渡し、五十嵐は足を止めた。テーブルの前に一人の男性が座っていたのだ。

年齢は三十歳くらいだろうか。サイドを短く刈りあげた短髪に、美香と同じく小麦色をした健康的な肌をしている。そのためか、白いワイシャツがやたらと引き立って見えた。

目が合い、その男性は頭を下げた。

「こちらは、お身内の方ですか？」

五十嵐は美香に顔を向けて尋ねた。返事に詰まるような質問ではなかったはずなのだが、何故か困惑した表情を浮かべている。

「ええとですね、その予定ではあるんですが、今は仕事仲間と言えばいいんですかねえ？」と、少し照れながら美香は彼に目線を送った。その雰囲気にピンときて、五十嵐は頷く。

「なるほど、婚約者の方ということですか」

「大場雅彦《おおばまさひこ》と申します。彼女のお祖母様が亡くなられたと聞いたものですから、御焼香だけでもと思いまして」と、神妙な面持ちで彼は目を伏せた。

「これはこれは、折角いらしたのに水を差すようですみません」

「いえ、僕もさっき来たところだったので。それよりも、僕の方こそお邪魔じゃありませんか？」

「とんでもない」と、五十嵐は手を振った。婚約者である前に、美香と同じ職場にいる者ならば当時の様子を聞くことが出来るかもしれない。言い方を変えれば丁度いい証人とも言える。

とはいえ、第三者が絡む以上ストレートに話を聞くことは出来ない。結婚が近い者に対してであれば尚更だ。最近では、態度が悪いだの名誉毀損《きそん》だのと、些細なことで警察側が訴えられるケースも少なくない。聞き込み一つでも、何かと気を付けなければならないのだから不便な世の中になったものだ。

「どうぞお座りください。今、お茶をお持ちしますので」

美香に座布団を差し出され、大場と同じくテーブルの前に腰をおろした。

ほどなくして美香がお盆を持って現れた。お盆の上には冷たい麦茶が置いてある。先ほど烏龍茶を飲んだばかりだったため、正直、喉は充分に潤っていたのだが、断るのも失礼かと思い舐めるように口をつけた。

「それで、何かわかったのでしょうか？」

お盆を胸に抱えたまま美香が口を開いた。目線はテーブルの端に向けられ、何かを考えているように見える。

「何か……と、いいますと？」

「祖母の死は、自殺ではないんですよね？」

思わず口に含んだ麦茶を吹きだしそうになり慌てて口を抑えた。まさか、美香の方からその話をされるとは。

「先ほどいらしていた女性の刑事さんがおっしゃっていたんです。だから、調べるのに汁椀を貸して欲しい……と」

あの馬鹿……と、五十嵐は額に手を当てた。

何がバッチリだ。ありのまま話しているじゃないか。もし安田美香が事件に関わっているとしたらどうするつもりなんだ？

顔がひきつりそうになるのを堪え、辛うじて「そうでしたか」と返した。

「今、お話をしてよろしいですか？」

チラリと大場に視線を移した。婚約者がいても平気か？　という意味だ。それに気付いたのか、美香は「大丈夫です」と、大場に目を向けた。彼も黙って頷いた。

「さっき美香から話は聞きました。何か複雑になっているようですね」

「いや、正直まだ何もわかっておりません。今のところ事故なのか事件なのかすらハッキリとしていないんです。ですから、ご迷惑かとは思いますがご協力いただけますか？」

二人を交互に見つめると、「勿論です」と大場が答えた。美香も納得した表情を浮かべている。

「では、当時のことをいくつか質問させていただきます。前もって言っておきますが、これはあくまでも形式的なものですので、どうか気を悪くしないでください」

二人の同意を確認し、五十嵐は手帳を取り出した。

最初に当時のアリバイについて尋ねていった。午前十一時から午後一時の間どこで何をしていたのかを聞き出すと、案の定、美香も仕事中だったようだ。

当然そこに大場もいたらしく、夕方になって警察から連絡を受けた美香の様子まで話してくれた。中抜けすることもなく、ずっと団体行動をしていたらしい。複数名でその場に居合わせていたのであれば間違いはなさそうだ。

そのとき働いていた場所は、安田家から車で三十分ほどになる。往復だけで一時間。さすがにそれだけの時間を仕事場から離れたら誰かは気付くはずだ。

もっとも、それが仕事と言えるかはわからない。彼女たちは自然保護団体に所属しており、日々の業務で山や川の管理にあたっているようだった。

当日も川辺で野鳥の観察と保護活動をしていたらしい。話だけ聞けばその辺のボランティアと何が違うのかよくわからないのだが、彼女たちの所属団体は国が受け持つ団体になるため、当然ながら給料が出されている。

偏見かもしれないが、同じ国が受け持つ組織に働く五十嵐からすれば、随分と楽しそうな仕事に思えてならない。神経と靴底をすり減らす自分たちと自然を愛する彼女たち……比較しただけで羨ましく思えてくる。だが、当然ながら彼女たちにも辛いことだってある。それくらいは五十嵐にもわかっていた。

何をひがんでいるんだ俺は……と、変な邪念を消し去り、話を元に戻した。

「カヨ子さんとはしばらく会っていないというお話でしたが、正確に言うと美香さんが最後に会われたのはいつ頃になるんですか？」

「三週間くらい前になります。昔はもっと頻繁《ひんぱん》に顔を出していたんですけど、ここ最近はめっきり少なくなってしまって」

「そのときは何の用事で来られたんですか？」

「いえ、別に用というほどのことではないんです。ただ、彼ともっとコミュニケーションを取ってもらおうと思って連れてきたんです。私にはちゃんとした親がいないので、せめて祖母とは仲良くしてもらいたかったものですから」

「確かに結婚となれば家族ぐるみの交流は大事ですからね」

なるほど、と五十嵐は頷いて見せた。

ちゃんとした親がいない……か。離婚した母親の名前があがらないということは、今は連絡を取っていないのだろう。そういう点では、カヨ子が親代わりだったということも頷ける。きっと、親への挨拶もカヨ子が代わりに受けたに違いない。二人の雰囲気から何となく想像がついた。

「ということは、大場さんもご一緒だったんですね。どうでしたか、カヨ子さんのご様子は？」

「お会いするのはそのときが二度目だったのですが、実を言うとほとんど話してはくれなかったんです。僕はあまり認められていなかったようでしたので」

「これまたどうして？　結婚を反対されていたんですか？」

「かもしれません。最初に会ってから、結婚はまだ早いんじゃないか？　と、言われていたみたいです。多分、僕の収入が少ないからだったと思うんですが」

伏し目がちに大場が答えると、美香が「違うわよ」と慌てて割り込んだ。

「収入とかじゃないの。あれはただ、お祖母ちゃんが意地悪で言っただけよ。気にしないでって言ったじゃない」

「そうかもしれないけどさ」

「まあまあ、二人とも。それはもう過去の話ということで」

段々と話がこじれてきそうだったため慌ててとりなすと、美香もハッとしたように姿勢を正した。どうやら彼女には強気な一面もあるようだ。

「それよりも、お二人が会われた三週間前、カヨ子さんに何か変わった様子はありませんでしたか？　失礼かもしれませんが、どこか認知症の疑いがあったとか」

二人を交互に見ると、美香に代わって大場が口を開いた。

「実は、そのことについて刑事さんにお話ししたいことがあったんです」

スッと背を伸ばした大場に、五十嵐も顎を引いた。

「カヨ子さんは認知症などではなかったはずです。僕の知り合いにも患っている方がいるのでよくわかるのですが、カヨ子さんには典型的な症状も見られませんでしたし、考え方もしっかりされていました」

真面目な性格なのか、オーバー気味に言っているのかは知らないが、まるで何かの演説を聞いているかのようだった。それだけ大場の言葉には力が入っている。美香から自殺の話を聞いたからこそ疑問が強くなったのだろう。警察の処理を全面否定……そんな感じに聞こえた。

「ですが、三週間もあれば人は変わってしまうこともありませんか？　会わない内に見えないところで徐々に発病されたとしたら、気が付かないこともありますよね？」

事実、そういった証言がホームヘルパーの男性からあがっている以上、こちらとしても何とも言いようがない。とにかく両方の線をあたる必要があるためこうして聞き込みをしている訳なのだが、大場は「違うんです」と大きく首を左右に振った。

「確かに美香は三週間ほど会っていなかったようですが、僕は会っているんです。カヨ子さんに」

彼の言葉に五十嵐は目を剥く。

「最近、お会いになったということですか？」

「ええ」と、大場は静かに頷いた。

「それは、いつ頃の話なんですか？」

「カヨ子さんが亡くなられた日の午前中です」

「当日ですか？」

それは聞き捨てならない話だった。

カヨ子の死亡推定時刻は午前十一時から午後一時の間。だとすれば、大場がカヨ子と最後に会話した人物になるかもしれない。婚約者という立場の者が、二人だけで会うことなどあるのだろうか。しかも、あまり好かれていない間柄で。

よほどのことがなければ美香を間に挟みそうなものだ。五十嵐は、思わず鋭くなりそうな目つきを抑えた。

「大場さんお一人で会われていたんですか？　これまたどうして？」

「山道を案内したんです。本当は美香も一緒に来ることになっていたんですが、生憎、彼女主体の活動が急に入ってしまったものですから、僕一人で案内することになったんです」

「山道の案内？」と、首を傾げると美香が経緯を話し始めた。

カヨ子は毎年この時季になると、山に咲くタチアザミという花を摘みに行くのだという。赤紫色の花を咲かせるキク科の植物で、生前、ご主人が好きだった花らしい。それを毎年、仏壇に供えるのが恒例になっていたようだ。

近年、タチアザミが咲く場所も少なくなり、見つけることが困難になっていた。そこで、山に詳しい大場がタチアザミの自生ポイントをカヨ子に案内したという訳だ。

「結構、険しい山道もしっかりついてこられたので、感心したのを覚えています。それに、記憶力も良く花を摘まれた後は一人で帰り道を進まれていました」

僕が誘導する必要なんか無いくらいでしたよ、と、大場は頬を指でかいた。

「ですから、そんな方が認知症を患っていたとは思えないんです」

五十嵐は、「うーん」と鼻の頭にシワを寄せた。確かに、それが本当ならば数時間後に突然発症して自殺したという話は信じられないだろう。

「そのあと、カヨ子さんは真っすぐ家に帰られたんですか？」

「そうだと思います。山をおりてからすぐにタクシーに乗られてましたから」

「へえ、タクシーに」と、頷きながら五十嵐はメモに目を落とした。

「カヨ子さんが帰られたのは何時くらいだったか覚えていますか？」

「午前十時半くらいだったと思います。僕もすぐに現場に向かい、美香たちと合流したのが十一時頃でしたので」

「そうね」と、横で美香が頷いたので間違いなさそうだ。

十時半か……と、五十嵐は顎に手を当てた。ということは、カヨ子は家に着いてからすぐに仏壇に向かったのだろう。摘んできたタチアザミを供え、その後頭を柱に打ちつけたということになる。

「そのタチアザミ、見せてもらえますか?」

五十嵐が尋ねると、「ええ、まだ仏壇に供えたままになってますので」と、美香は立ち上がった。つられて腰を上げると仏壇部屋に案内された。

祭壇を横目に奥の襖を開けて中へと入っていく。すぐ後ろから大場もついてきたため、三人で現場に入ることになった。窓がなく、換気の悪い部屋になるためか、少し重い空気が残っている。柱の下に敷かれたままの座布団が生々しかった。

反対側には黒塗りの仏壇。これがそうか……と、首を伸ばした。話に聞いていた通り、座布団は敷かれていない。茶碗が左手に置かれ、汁椀を柚希が回収したため右手はぽっかりと空いている。その両脇に花が供えられていた。

「これです。この花がタチアザミです」

美香の指の先には、他の花に紛れて赤紫色の花があった。数日間、放っておいたためすっかり萎《しな》びてしまったが、綺麗な花であることは間違いない。菊などの他の花ともマッチしていた。

さすがにここまで来ると、大場が嘘をついているということはなさそうだ。それに、彼からは偽りの匂いは感じられなかった。

事実、カヨ子は山に行ったのだろう。そして、その直後に彼女の身に何かが起こったのだ。一体、彼女に何があったというのだろうか。

物事には必ず理由がある。因果応報……か。照玄の言葉を胸に、五十嵐は仏壇に向かって手を合わせた。

2

香り立つコーヒーに、砂糖とミルクを入れてスプーンでゆっくりとかき混ぜた。

向かいに座る柚希は、反省しているつもりなのか膝の上に手をつき、顔を伏せている。彼女の特徴ともいえる猫のような大きな目も、さすがに細くなっていた。

安田家を出てから、五十嵐は柚希と二人で警察署付近にある喫茶店に来ていた。ここはよく利用する。署内では話しにくい内容を打ち明ける場所に最適だった。

「他にお椀を借りる理由が見つからなくて。本当、すみませんでした」

先ほどから同じ台詞を何度も聞いている。もはや返す言葉はない。散々だめ出しをしてから言うのもなんだが、柚希の気持ちもわからなくもなかった。

自分だったら上手いこと言えたのか？　と、聞かれたら自信はない。叱ったのは上司の建前というのが半分以上の理由だった。軽率な行動だったことは充分に反省しただろう。

五十嵐は、「もういい」と頭を振った。

「それよりも今回の件、お前はどう思う？」

「……と、言いますと？」

「だから、他殺の線があるかどうかだよ」

「それを判断するために五十嵐さんが聞き込みに行ったんじゃないですか」

何を言ってるんですか？　と、言うように柚希は口を尖らせた。

「そうなんだが、聞けば聞くほどわからなくなってな」そう言って背もたれに寄りかかった。

「まず、次男の安田隆弘とは直接話せていないんだが、どうやらあの三人にはアリバイがありそうだ。他殺だとしたら狙いは外れたってことになる」

「遺産相続の類いってやつですね？」

「そうだ」と、頷いた。

もし仮に、家族がカヨ子を殺害したとなれば遺産相続がらみではないか、と五十嵐は睨んでいた。物盗りの線は薄く、また現場が家の奥まった仏壇部屋になることから、顔見知りの犯行の可能性は高い。

財産欲しさに身内を殺害するというケースは、ドラマのように思えて実際に少なくはないのだ。だからこそ、身内のアリバイを確認するのが一番早いと思っていたのだが、三人にアリバイがあったため出鼻を挫《くじ》かれる形となった。

「では、他の誰かが犯行に及んだ可能性も考えなきゃならないってことですかね？」

「どうだろうなぁ」と、五十嵐は顔を歪めた。

「そうなると、動機は何になる？　人間関係が上手くいってなかった様には思えない」

五十嵐は、胸ポケットから煙草を取り出し、火を着けた。

「それに、報告書に書いてあった安田カヨ子の認知症疑いの件だが、あれも実際どうだろうな」

「正常だったってことですか？　だとしたら、他殺の線が余計に濃くなるじゃありませんか。それに、ホームヘルパーの証言もあるんですよ？」

「それだよ」と、五十嵐は煙草を挟んだ指を柚希に向けた。

「そのホームヘルパー以外の者は、全員口を揃えてそうは思えないと言っているんだ」

「ホームヘルパーが嘘をついていると？」

「嘘という訳ではないが、妙に引っかかってな。そいつは、第一発見者でもあるんだろ?」

「考え過ぎじゃありませんか?　それこそ動機が見えませんよ。彼と安田カヨ子の接点は、自宅訪問だけなんですよ」

「だが、接点はあるんだ。完全なシロだと言い切るのは早いだろ。面識がある以上は、どこかで殺害動機が生まれてもおかしくはないんだ」

「確かにそうですけど」と、柚希は苦笑いを浮かべた。それを言ったらきりがない……と、言いたいのだろう。

だが、五十嵐にも考えはあった。もし、他殺だとすれば容疑者はある程度絞られるはず。一般的な動機としてあげられるのは、積年の恨みがあったか、もしくは突発的なものによるもの。この二種類しかない。

つまり身内か親しい友人、または、ここ最近で接点が出来た人物……この中の誰かだ。特に、外部との接点が薄い老人ということもあり、その範囲は限られてくる。

だからこそ孫三人を疑ってかかった訳なのだが、アリバイがある以上なんとも言えなくなってくる。そうなると、必然的にここ最近で接点が出来た人物に目を向けるしかないのだ。

「まあ、動機なんか些細なことだったりしますからね。でも、それを考えだしたらきりがありません。それに、考えなきゃならないことは動機の他にもあるじゃないですか」

「殺害方法か」

「そうです」と、柚希は頷いた。

確かにその点も不透明な状況にあった。カヨ子は前頭部を柱にぶつけている。両手を添えることなく、前頭部だけ。壁に指紋が残っていなかったことがそれを裏付けている。鑑識の話では、拭き取った形跡もなかったそうだ。

つまり、頭を打ったとき彼女は無抵抗だったことになる。だからこそ他殺ではなく自殺だったと結論づけた。そう判断したのが他ならぬ柚希だからこそ、余計に気になるのだろう。動機の話とは打って変わって前のめりに構えていた。

「例えば、こんなのはどうだろうか。安田カヨ子に何かを持たせ、両手を塞いだところで後ろからドンッ。倒れた後で両手からそれを回収すれば形跡は残らないだろう？」

それかだな、と五十嵐は人差し指を立てた。

「睡眠薬で眠らせたあと身体を起こし、両手を後ろで掴んで背中をドンッ。どうだ？」

「そんなぁ……」と、柚希は顔の前で手を振った。「それだけ回りくどいやり方をするんでしたら、普通、別の方法にしませんか？　自殺に見せかけるにしても、もっと簡単な方法があるじゃないですか」

「まあ、そうだよな」

それは柚希の言う通りだった。他殺だとしても、犯人がなぜこの様な殺害方法を選んだのかがわからない。結果的に警察側が自殺と判断したため疑われずに済んだのだろうが、もし初動捜査がスムーズにいかず再検討の余地があったならば、死に方は不審に思えてくるはずだ。現に、そのことで疑いを持っている。

「ならば、この殺害方法が犯人にとって最適な方法だったとしたらどうだ」

「何かメリットがある方法だったたってことですか？　例えばどんな？」

「さあな、それはわからん。わかってたら、今頃ここで茶なんかしてないだろ」

向かいでため息が漏れた。

「結局、まだ何もわからないってことですね」

「残念ながら今は見当がつかない。だからこそ容疑者の特定と動機を先に調べているんだろうが」

眉間にシワを寄せて、五十嵐は再び煙草に口をつけた。

「これからどう動きます？」

「とりあえず、お前は安田和也と次男の隆弘を調べてくれ」

「本当に相手先に出向いていたかを裏取りすればいいんですね？」

「ああ、それが崩れれば話は大きく変わってくるからな。俺は、第一発見者のホームヘルパーに会ってくる」

「わかりました」柚希が頷いたところで二人は席を立った。

喫茶店を出て再び車に乗り込むと、途端に携帯電話が鳴りだした。

今日はやけに掛かってくる。面倒くさそうに画面を眺めると【輝沼照玄】の文字が見えた。きっと安田カヨ子について聞かれるのだろう。何の進展もないと伝えたらどんな嫌味が飛んでくることやら。

「もしもし」

『私だ。今どこにいる？』

「車の中だ。どうかしたのか？」

『ちょっと話があってな。これから天厳寺に来れないかね？』

「今から？」

腕時計に目線を落とした。午後三時を過ぎている。向かうのはいいが、下手をすれば福祉施設には行けなくなりそうだ。

「何だ、急用か？」と尋ねると、通話口から咳払いが聞こえてきた。

『うちの修行僧が、安田家のご近所さんに妙な話を聞いたらしくてね。そのことをお主の耳にも入れておいた方が良いかと思ってな』

「ご近所さんって……なんだ、聞き込みでもしたのか？」

『まさか、そんなことを私たちがしてどうする。葬儀の手伝いについて話していたら、たまた耳にしたらしい』

なるほど……と、頷いた。そういうことなら大歓迎だ。下手に聞き込みなどされても、無駄な噂話が広まるだけで良いことなど一つもない。

『だが、忙しいのなら仕方がない。真相解明に向けて乗りだしているお主たちの邪魔はせんよ』

「いや、一応聞いておこう。些細な情報も捜査の足しにはなるからな」

そうかね、では待ってるぞ。と、端的に返されて通話を切られた。

全くこいつは……と、耳から携帯電話を離して画面を睨みつけた。捜査の進展がないことを見透かしているかのように嫌味をねじ込んでくる。

だが、正直助かった。近所の情報ならば有力なものも多い。不本意ながらも目的地を天巌寺へと変更し、五十嵐は車を走らせた。


フロントガラスに吹き付ける雨の勢いが少しだけ弱くなってきた。雨足が弱まった訳ではない。天巌寺は大きな木に囲まれているため、木々の葉が天然の傘になってくれる。

本来ならば長い階段を上がり、正面から向かうのが礼儀なのだろうが、今日のような緊急の場合はそうも言っていられない。関係者が使う裏道を通り、五十嵐は境内横の駐車場へと車を動かした。

今回、上がらせてもらうのは昨日訪れた応接室ではないようだ。門脇に立っていた修行僧に、母屋の脇にある宿舎に向かうように指示を受けた。例の話を聞いたという修行僧がいる場所に直接来いということなのだろう。車をおりて、その宿舎の扉を叩いた。

すぐに戸が開くと、中から一人の修行僧が顔を出す。その修行僧は、典弘と名乗った。見た目は中学生くらいだろう。頭を丸めているためか、やけに幼く見えてしまう。こんな少年まで住み込みの修行をしているのか……と、感心しながら彼の背中について行った。

「失礼します。和尚、警察の方がお見えになりました」

典弘は、一言添えて襖を開いた。仏壇が置かれた四畳半ほどの和室。そこに、一人であぐらをかいた照玄の姿があった。

「おお、来たか。典弘っ、座布団を用意しなさい。お主も座るといい」

「はい」と返事をし、典弘は言われた通りに座布団を敷くと、照玄の脇にちょこんと腰をおろした。

「おい照玄、さすがにこの少年がいるのはまずくないか？」

正座する典弘に、五十嵐は横目を向けた。

「どうしてだね？」

「どうしてって、そりゃお前……」

三度、照玄に目を向けた。こういった話の場合は極力、一般人の介入は避けたいところだ。特に、これくらいの歳の子は口止め自体が出来なかったりする。この場で聞いたことを面白おかしく、友人などに話すのが関の山だ。偏見かもしれないが、未成年に捜査上の話をすべきではない。

「話を聞きに来たのだろう？　だったら、こやつがいなければ始まらないぞ」

「えっ、じゃあ近所の話を聞いた修行僧ってのは……」

五十嵐が隣に座る彼を指すと、「すみません。僕です」と典弘は頭を下げた。

それならそうと、前もって言ってもらいたいものだ。証言をする修行僧と言われて、誰がこんな若い子をイメージするだろうか。一休さんでもあるまいし、成人男性を思い浮かべるのが普通だ。

どうせこの男は、俺が勘違いすると踏んでいたのだろう。その上で反応を楽しんでいるだけなのだ。ニヤつく照玄を睨んだ。

「どうした。やめておくかね？」顎をさする照玄に、「いやいや」と手を振った。

「そういうことなら問題ない。聞こうじゃないか」口を曲げながら、胸ポケットから手帳とペンを取り出した。

それから十分くらい、今日の出来事を典弘に一方的に話してもらった。昼間に訪れた隣組の集まり。そこで彼が聞いた話は実に興味深いものだった。まず、安田カヨ子の午前中の行動。彼女は朝一で天巌寺の墓参りに来ていたという事実。

つまり、カヨ子は朝に墓参りに行き、その後、大場と共に山へ登ってタチアザミを採取。タクシーに乗り込み自宅へと戻った後、仏壇部屋の柱に頭を打ちつけた。これが当日の大まかな流れになるだろう。

加えて貴重な目撃情報まであった。

安田カヨ子の死亡推定時刻付近で目撃された不審な男。顔を見てはいないとのことだったが、安田家から出てきたのであれば、今のところその人物は重要参考人といえる。その男が、安田カヨ子と最後に接した者である可能性が高い。

それともう一つ。例の第一発見者でもあるホームヘルパーについて。ご近所さんの話通りならば、この風見という男は安田家周辺の担当ではなかった。にも拘わらず、初動捜査報告では彼は一週間ほど前にも安田家を訪れているとのことだった。

安田カヨ子の体調が気になり、個人的に家を訪れるということも考えられるが、だとすれば風見は前々から安田カヨ子と交流があったことになる。不審な男の目撃情報と、担当外にも拘わらず頻繁に訪れていた風見……この二つが繋がる可能性は大いに考えられた。

どうやら、違う意味で風見を取り調べなければならなそうだ。

フーッと、大きく息を吐き五十嵐は手帳を閉じた。

「貴重な証言をありがとう。とても参考になったよ」

頭を下げると、典弘は「いえ」と照れくさそうに頭を撫でた。話をしている間、彼はずっと正座を崩さなかった。若くてもさすがは修行僧だ。しっかりと礼儀をわきまえている。この子だったらある程度突っ込んだ話をしても平気かもしれない。そう考えを改め五十嵐は顎を引いた。

「この際だから、一つ聞いてもいいかな?」

「あっ、はい。何でしょうか」

「君は、風見さんと直接会ったんだよね。どんな印象だったかな。何か変わった様子はなかったかい?」

少し質問が漠然としすぎたのか、典弘は「変わった様子ですか?」と、考えるように目線を落とした。

「正直に申し上げて、変わった様子はなかったように思えます。それどころか、気持ちが良いくらい、とても親切に対応してくださいました」

真っすぐに五十嵐の目を見て話す典弘に、「そうか」と相づちを打った。それが、この少年が感じた本心なのだろう。

「安田家を訪ねた経緯を聞いたときはどうだったかな。確か彼は、カヨ子さんの容態が気になり、訪ねたって言ってたよね?」

「そのときも、特に変な感じはしませんでした。カヨ子さんは本当に認知症だったのか？と、聞いたときも自信を持って答えていましたから」

「なるほどね」と、五十嵐は腕を組んだ。納得した訳ではない。むしろ逆だ。一人だけ違う証言を自信満々に話す風見の根拠がわからない。そう証言することで、何かを隠しているようにも思えた。認知症を心配したという理由は建前で、風見が安田家を訪れていた本当の理由は何か別にあったのではないか……と。

この少年は実に素直だ。だからこそ簡単に騙されてしまうということもあり得る。

「あの、やっぱり風見さんには何かあるんでしょうか？」

覗き込むように視線を送る典弘に、「さぁね」と五十嵐は首を振った。

「今回の件に彼が関与しているかどうかはまだわからない。しかし、少なからず詳しい話を聞く必要がありそうだよ」

「そうですか」と、典弘は顔を伏せた。どこか納得がいっていない様子だ。好青年だったと感じた相手が、殺人を犯すことなど考えつかないのだろう。だが隠し事をするとき、人は他人に優しくなる。怪しまれないために最大限の演技をするものだ。

とはいえ、そんなことをこの少年に言う必要もない。「まぁ、まだ彼が何かをしたと決まった訳でもないから」と、なだめるように言葉をかけた。

「もう、その辺にしておいたらどうだね。お互い話も済んだだろう」

終始、黙ってやり取りを聞いていた照玄がここで口を挟んだ。飽きてしまったのか、口に手を当ててアクビを抑えている。その無関心ぶりに多少の苛立ちはあるものの、話を区切るのには確かに丁度いいタイミングだった。

「典弘も伝えることは伝えたのだ。いつまでも座ってないで早く食堂に戻りなさい」

「食堂?」

突然、話を振られて首を傾げる典弘に、「お主は今日、炊事当番ではないのか?」と照玄は壁に掛けてある分担表を指差した。指摘の通り、炊事担当の横には典弘の名前が書かれている。

「そろそろ仕込み時間だ。あまりのんびりしていると他の者に叱られるぞ」

「す、すみません。では、僕はこれで失礼します」慌てて立ち上がると、典弘は頭を下げて部屋を飛びだしていった。

そんな後ろ姿を見届け、照玄は「やれやれ」とため息を吐いた。

「一度に多くの情報が頭に入り込むと、そればかりに目が行きすぐ目の前のことが見えなくなる。まだまだ修行不足のようだな」

「何言ってんだ。そりゃ仕方がないだろ。殺人事件かもしれないなどと考えたら他に気が回らなくなるのは当然さ」

「やはり、知らない方がいいということもあるのだな。ちょうどいい勉強になると思ったのだが、あやつにとっては少し刺激が強すぎたようだ」

失敗だったか……と、照玄は鬚を引っ張った。

「おいおい。まさかお前、わざとあの少年を巻き込んだんじゃねぇだろうな？」

この坊主は、一体何を考えているのだ……と、目を剥いた。とてもじゃないが、勉強させるような題材ではない。

「結果的にそうなっただけだ。人聞きの悪いことを言うでない」

こう言ってはいるが、この男ならやりかねないのが心配どころだ。「まぁ、ならいいけどよ」と、腕を組んだ。

「ところで、お主は大丈夫なのか？」

「何がだ？」

「情報が入りすぎて、典弘のように頭がパンクしてはおらんかね」

「馬鹿言うな」と、五十嵐は鼻であしらった。

「情報過多にいちいち頭がパンクしてたら刑事が務まるかよ。誰にもの言ってんだ。それこそ釈迦に説法というやつだ」

「ほう、言うではないか。ならば、カヨ子さんの死の真相は見えてきたという訳かね？」

ニヤリと笑う照玄に、グッと唇を噛み締めた。こいつは昔からこうだ。皮肉を返すと、必ずと言っていいほど皮肉が返ってくる。

「さっき、まだ何とも言えないと彼にも言ったろ。情報が足りなすぎるんだよ、俺にとってはな。お前の方こそ何か情報はないのか？　さっきの彼みたいに、誰か檀家さんから聞いたとか」

皮肉を言われないためにも一気に言葉を返したのだが、照玄はそっけなく「そんなものはない」と、そっぽを向いた。

そんなことだろうとは思っていた。内心、だったら黙ってろ……とも思ったが、あえて言わなかった。捜査の進展が遅いのは事実。お互いこれ以上くだらない口論をしている暇はない。そろそろ自分も退席しようと腰を上げかけたときだった。

「情報はないが、一つだけ気になることがある」

「おっ、なんだ？」何気なしに告げた照玄に、五十嵐は慌てて座り直した。

「カヨ子さんは、どうしてタチアザミを摘みに行ったのだろうか」

「そりゃあ、供えるためだろ。毎年この時季になると山に摘みに行っていたらしいぞ

……」

そこまで言って、五十嵐は「あれ？」と首を傾げた。安田カヨ子が山に行ったことはまだ教えていないはず。

「どうしてお前がそのことを知ってるんだ？」

「仏壇に供えてあったからに決まっているだろ。菊の花にまじって、不自然に一輪のタチ

アザミが供えられていたんだ。季節的に見て、カヨ子さん本人が山に摘みに行ったと考えるのが筋だろう」

「そうか」と、何でもないかのように頷いたが、内心その観察力に驚いていた。いくら供花を見慣れていると言えども、普通は生けてある花の種類までは気が付かないだろう。というよりも、気に止めるようなことではないはず。少しの違和感を記憶に留める能力は、坊主にしとくには惜しいくらいだ。こっち側の仕事の方がよっぽど向いているような気がする。

「それで……それの何が気に掛かるんだ？　別に、仏壇に供えたって悪くはないんだろ？」

「勿論、悪いことなどない。故人を思いわざわざ山に摘みに行く……素晴らしいではないか」

「だったら、なんだってんだよ」

「タイミングだ」と、照玄は呟いた。「カヨ子さんは、朝一で天厳寺へ墓参りに来ていた。勿論、供花を持ってな。だが、私が確認したところ、お墓の方にはタチアザミは供えられていなかった。つまり、朝の墓参りを済ませた後、急遽《きゅうきょ》、山へタチアザミを摘みに行ったということだ」

変だとは思わんかね？　と、照玄は目を細めた。

確かに言われてみれば不自然だ。供えるためにタチアザミを摘みに行ったのであれば、普通は墓参りの前に済ませるはずだ。墓には供えず、仏壇だけに用意する意味がわからない。

「うーん」と、五十嵐は腕を組んだ。

「タチアザミってのは、普通にそこら辺の山で咲いているものなのか?」

「特に珍しい花ではないさ。初夏から秋口にかけて咲く花なんだが、どうやら今年は開花が遅いらしい。まぁ、場所にもよるがね」

「なら、誰かが安田カヨ子にタチアザミが咲き始めたことを教えてあげたんじゃないか?それで急遽、山に向かったとか」言葉を返すと、照玄はニヤリと口角を吊り上げた。

「ということは、カヨ子さんが墓参りから戻り誰かから電話を受けた……または、直接会って聞いたということになるな」

「まぁ、そうだろうな」

「そのことを誰か証言した者はいるかね?」

「いや」と、五十嵐は首を振った。

和也と美香には、最近会ったかどうかの確認しかしていない。だが、何も後ろめたいことがなければたとえ聞かれなくても、会話したことを話してきそうなものだ。

もし、何らかの理由でそのことを知られたくないのだとすれば——。

しまったな……と、五十嵐は頭をかいた。こんなことだったら、午前中のアリバイを全て確認しておくべきだった。

「人は嘘をつく生き物だ。今さら会っていなかったか？　などと、再確認したところで本当のことは言わんだろう。それに、電話で伝えた可能性もある。いや、むしろその可能性の方が高い。タチアザミが咲き始めたことを伝えるのに、わざわざ出向いたとは思えんからな」

「通話記録を調べてみるか」ボソリと呟き、五十嵐は腰を上げた。「足りない情報を補足してくれてありがとよ」

「あぁ」と、照玄は返事をした。

最後は皮肉を言ってこない。ちゃんとやれよ、という無言の圧力にも思えた。この男には下手に情報を要求するものじゃない。

知らない方がいいこともある……か。確かにその方が、ずっと気が楽なこともある。キリキリと痛む胃をさすりながら、五十嵐は肩を落として部屋を出た。

車に乗り込み、ふと携帯電話を取り出すと不在着信の文字が目に飛び込んだ。それと同時にメールが送られてきている。相手は、どちらも柚希からだった。どうやら、ポケットに入れた状態で勝手にサイレントモードになっていたようだ。メールフォルダを先に開くと、その題名に目を剥いた。

【鑑識結果】と出ている。安田家から回収した指紋鑑定の結果に違いないだろうが、それにしても仕事が早い。普通は、中一日くらいかかりそうなものだ。内密に頼んだことならば尚更のこと。正直、嫌な予感がプンプンする。メールを開くと案の定その予感は的中していた。

『お疲れ様です。表題の結果ですが汁椀からは指紋が一切、検出されませんでした。手袋跡もなく、安田カヨ子本人の指紋もなかったようなので誰かが意図的に拭き取った可能性が高いというのが結論です。詳細は後で話します。手が空きましたら連絡ください。滝沢』

読み終えると、静かに携帯電話をポケットに押し込んだ。思わずため息が出る。これで、安田カヨ子の死に第三者が絡んでいるのは明確になった。いよいよ殺人事件の可能性が高くなってしまう。

風見の事情聴取……半端には出来ないな。エンジンをかけて、五十嵐はアクセルを踏み込んだ。

3

午前三時半。

枕元に置いてあった赤い目覚まし時計が鳴り響く。典弘は、大きく伸びをしてから時計のスイッチを軽く押した。

昨夜は、睡眠不足もあってか寝つきがとても早かった。おかげで睡眠時間は十分にとれたはず。だが、そのわりにあまり寝た気がしないのは、やはり安田カヨ子の件が頭に残っているからだろう。昨日来ていた刑事は、まだ何とも言えないと言っていたが、あの様子だと風見に疑いの目を向けているのは間違いない。

確かに、風見の行動には疑問が残る。ただ、優しそうな印象を受けていただけに、にわかに信じがたいことだった。人は、見かけによらないとはよく言うが、それでも彼を信じてしまうのは馬鹿正直というものなのかもしれない。

とにかくこれ以上、自分に出番が回ってくることもない。後は刑事さんたちが結論を出してくれるだろう。早いところ、気持ちを切り替えないと……そう思い、身体を起こそうとしたときだった。

足元にかかっている掛け布団が妙に重いのに気が付いた。まさか、またダイコクが載っているんじゃないだろうな？　と、慌てて上半身を起こしたが、そこにダイコクの姿はない。

だが、安心したのも束の間だった。代わりに抱き枕が載っている。そこに書かれたイラストを見て青ざめた。この、訳のわからない黒猫のイラストが描かれた抱き枕は、間違いなく照玄和尚の物だ。

いつの間にこんなものを置いたのだろうか。いや、そんなことよりも何故これがここにあるのだ？

不気味に思いながらも、抱き枕をどかそうとしたときだった。何かのスイッチに触れたのか、抱き枕から照玄和尚の声が流れ始めた。

『早起きは三文の徳。いつまでも寝てるでない。食堂で待っているぞ。マー』

聞き終えて、典弘は目をパチクリと泳がせた。そう言えば、この抱き枕は音声録音機能という無駄なものがついているんだった。最後の声は、きっとダイコクだろう。わざわざ、こんな形でメッセージを残さなくても直接言えばいいのに、本当に下らないことをするものだ。

とはいえ、ダイコクに鼻の頭を噛まれて起こされるよりはまだマシだ。頭をかいて寝床を離れた。

二日連続の呼び出し。今日は一体何をさせられるのだろうか。明日は、いよいよ安田カヨ子の通夜になる。今回、通夜と告別式は近くのセレモニー会場で行う予定だった。

斎場のセッティングなどは全て葬儀屋さんがやってくれるため、今さら手伝うようなこともないように思える。特に、こんな早朝から動くことなど考えられない。早起きは三文の徳だとか、メッセージを残されてもこの時点で一つ損をしたような気がする。

瞼《まぶた》を擦りながら階段をおりると食堂の扉に手をかけた。昨日と同様に、テーブルに腰かけた照玄和尚と、膝の上で丸くなるダイコクの姿が目に入る。今回は驚くこともなく、

「お早うございます」と両手を合わせた。

「おぉ、やっと起きたか。昼になるかと思ったぞ」

まぁ、座りなさい。と、照玄は向かいの椅子を手で示した。相変わらずの嫌味っぷりだが、心なしか元気がないように思える。典弘が腰をおろすと小さくため息までもらしていた。連日の早起きに、珍しく疲れが出ているのかもしれない。

「今日は、どうされたんですか？」

「あぁ」と頷き、彼は窓の外を眺めた。窓には朝露がついていた。シトシトと降り続く雨の影響だ。

「雨のせいで、予定が狂ってしまってね」

「予定?」と、首を傾げた。今日は、確か法事が入っていると照玄和尚は言っていた。だが、雨が降っているからといって法事に影響が出るほど強い風が吹いている訳ではない。傘をさせば充分なくらいの雨足だった。ひょっとして自分は、その付き添いのために呼ばれたのだろうか。

「傘持ちでしたら、袈裟を汚さないように気を付けますので大丈夫ですよ」

言われることを予測してそう伝えたのだが、照玄は「そうではない」と、頭を振った。

「ゴルフの予定が、生憎の雨で中止になってしまったのだよ」

聞き間違いだろうか……今、ゴルフがどうとか聞こえた気がする。

「すみません。何が中止ですって?」

「ゴルフだよ」と、照玄和尚は袂《たもと》に手を入れた。中から長方形の箱を取り出すと、カタカタと揺らして見せてくる。三個ほど入ったゴルフボールが透明なフィルム越しに見えた。

「この日のために、ニューボールまで用意したのになぁ。高かったのだぞ、これ」

「ちょっと待ってください。今日は法事があるんじゃないんですか? まさかとは思いますが、ゴルフをするために法事だと嘘をついて、安田家の葬儀を遅らせたんじゃないですよね?」

「何を言う。そんな訳ないだろう。これも立派な供養の一つだ」

「ゴルフが……ですか?」疑いの眼差しを向けると、照玄和尚は「左様」と力強く頷いた。

「本来、法事というのは故人を思い弔うことにある。大事なのは、その人との思い出を忘れないということだ」

つまり、と照玄和尚は指を立てた。

「今回の法事は、生前ゴルフが大好きだった故人を思いながら、供養の意を込めてゴルフを行う予定だったのだよ。まぁ、残念ながらこの様子だと延期になりそうだがね」

「そうだったんですか」と、頷いたが半分は疑いの眼差しを向けていた。ゴルフが出来なくても、経を読む本来の法事が出来るはずだ。延期する必要はない気がする。それに何より、ゴルフが出来なくてがっかりしているようにしか見えなかった。

「あれ、でも……そしたら僕は何のために呼ばれたんですか？」

傘持ちでもなければ、それこそ役目がわからない。ゴルフが出来なくなった腹いせだったとしたらとんだ迷惑な話だ。

「こうした供養の仕方もあるということを教えたくてね。実際に、お主にもやってもらおうと思った訳だ」

「僕に、ゴルフをですか？」

「馬鹿者」と、照玄和尚はあざけ笑った。

「ゴルフは中止だと言っただろう。わざわざお主に頼んでいるのだ。カヨ子さんの供養に決まっているだろ」

「でも、カヨ子さんの供養といっても、葬儀の前ですし何をすればいいんです？」

「供花を用意してもらいたいのだよ」

そう言ってダイコクを膝に乗せたまま、照玄和尚は足元のビニール袋を持ち上げた。差し出された袋を受け取り、中を覗くと、カッパとハサミ、それと小さな本が入っている。

「朝のお勤めを済ませたら、山へ行ってタチアザミを摘んできてもらいたい」

「タチアザミ？　何ですかそれ？」

「キク科の植物でな。この時季になると赤紫色の綺麗な花が咲くのだよ。中に図鑑を入れておいたから、それを見ればわかるはずだ」

ビニール袋に手を入れて中から本を取り出した。ご丁寧に付箋まで貼ってある。そのページを開くと、確かに赤紫色をした綺麗な花が載っていた。

「毎年、カヨ子さんは山へ行き、摘んできたタチアザミを仏壇に供えていたそうなのだ。だからこそ、今回の葬儀で供えてあげたいのだよ」

「そういうことでしたか」と、頷いた。「わかりました。では、頑張って探してきます」

「雨で地面もぬかるんでいるだろうから、気を付けて行くんだぞ」

「任せてください」と、大きく返事をし、典弘は食堂をあとにした。

朝のお勤めを終えると、すぐさま玄関に向かい長靴に足を通した。相変わらず雨は降っている。渡されたカッパを纏い、忘れ物がないかナップサックの中を覗き込んだ。花を包む和紙にハサミと図鑑。それと、ナップサックの持ち手部分に結び付けた猫のストラップ。これは照玄和尚から念のために、と渡されたアイテムだった。一見、ラブリーな黒猫のストラップに見えるが、どうやら熊避けグッズになるらしい。耳を引っ張ると、動物が嫌がる超音波が発せられる優れものだと聞かされたが、これも恐らく謎の通販で取り寄せた物だろう。

他にも、黒猫のイラストが入ったピンポン玉くらいの大きさの銀の玉を渡されそうになった。熊に出会ったときに投げつけるらしいのだが、使いこなせそうにないし、無駄に重いのでさすがにそれは断った。

相変わらず変なアイテムが好きだな、と呆れるところもあるが、今回ばかりは本当に熊が出る可能性もあるため、一つくらいは御守りとして持っていても損はない。

玄関を出て境内を抜けると、長い石段をおりていく。天巌寺前に設置されているバス停に差し掛かると、ちょうどよくバスが来たため乗り込んだ。

バスに揺られること三十分。教えられた山に一番近いバス停でおりた。

周りは、田んぼに囲まれたのどかな景色が続いている。青々とした稲の穂が、降り注ぐ雨にお辞儀をしていた。舗装されていない土の道も、田舎ならではの趣と言えるだろう。至るところにある水溜まりを避《よ》けながら、目的の山道まで歩いていくとプレハブ小屋のようなものが見えた。

横に掛けられた木の看板には、【自然保護団体事務所】と書かれている。この山には、稀少な植物や野鳥などが生息しているらしく、入るためには許可がいるらしい。といっても、簡単な受付をするだけなのだが、実際は無断で入る者も少なくないようだ。

照玄和尚の話では地元民なら顔パスらしいが、一応、怒られるのも嫌なのでその事務所の扉をノックした。

「どうぞ」と、女性の声が聞こえたので戸を開いて中へと入った。作業デスクがいくつも並んでおり、それぞれがパーティションで仕切られた簡易的な事務所だった。

先ほど返事をくれた女性は、仕切りで隠れて頭だけが見えていた。他に人の姿はなく、その女性も作業に追われているのか返事をしたきりこちらを向かない。

「あのぅ、すみません」と、申し訳なさそうに声をかけると、その女性の肩がピクリと持ち上がった。

「あっ、はぁい。ちょっとお待ちくださいね。今、行きますので」

卓上の書類を纏める音が聞こえ、その女性が立ち上がると典弘は目を剥いた。見覚えのある顔だったのだ。相手も気が付いたのか、同じように瞬《まばた》きを繰り返した。

「あれ、確か天厳寺さんの……」

そこにいたのは美香だった。典弘は軽く会釈をする。

「はい、典弘です。ここ、美香さんの職場だったんですね」

「そうですけど、葬儀のことでしたら、わざわざここまで来なくても今日は兄が家に居たんですが」

「いえ、違うんです」と、典弘は慌てて手を振った。

カヨ子の供養のために、照玄の指示でタチアザミを採りに来たこと。そのために山に入る許可をもらおうと立ち寄ったら、たまたま遭遇したのだ……と、説明すると美香の口許が弛《ゆる》んだ。

「そうでしたか。祖母のために、わざわざありがとうございます」と、丁寧に頭を下げてくれる。しかしその顔はすぐに曇った。

「ただ、今日はちょっとまずいかもしれません」

「えっ、ダメなんですか？」

「実は、連日の雨で山道が荒れているみたいでして、今、うちのスタッフが様子を見に行ってるんです。状況によっては、立入禁止命令が出てしまうかもしれませんね」

そんな……と、肩を落とした。窓の外を見る限りそこまで酷いようには思えない。とはいえ、管理する立場からすれば、安易に許可も出せないのだろう。こんなことなら黙って入ってしまえば良かったと、今さらながらに後悔した。

「もうすぐ帰ってくると思いますので、ちょっとだけ待っててもらえますか。大丈夫のようなら、許可は出せますので。そこ、使ってください」

端に設置された椅子を指され、「わかりました」と、仕方なく腰をおろして結果を待つことにした。

様子を見に行ったスタッフを待ちながら、事務所の中をぼんやりと眺めた。山を管理するだけのことはあり、ロープやリュックサックなどが壁に掛けられている。大きなスコップなども置かれていた。

その中でも、一際目立ったものがあった。中身がぎっしり詰まったビニール地の袋が山積みになっていたのだ。袋の表記はアルファベットで書かれていたため、何と書いてあるのかはわからない。けれども、中央部分にインコの写真が大きく載っていることから、鳥のエサであることは何となく想像がついた。その袋の中身だろうか。横の平台に、い草や種のようなものが乱雑に盛られている。

「食べちゃダメですよ」

典弘が、ジッと眺めていたことに気が付いたのか、美香が笑いながらエサを指差した。

「野鳥に与えるエサなんですけど、見ての通り飼育用の市販のエサなので、そのままあげると栄養価が高過ぎてかえって良くないらしいんです。だから一度、日干ししてからあげないといけないのでそんな風に広げてあるんですよ」

「へぇ、そうなんですか」

「野鳥がそのエサに依存しちゃうから、面倒でもある程度手をかけなきゃダメなんですって」

「さすが、お詳しいんですね」専門的な話に感心の眼差しを向けると、美香は「とんでもない」と、手を振った。

「この仕事を始めてまだ二年ですから、ぺーぺーもいいところですよ。私も野鳥のことはよく知らないですし。実は、今話したのも全部、人からの受け売りなんです」と、美香は可愛らしく舌を出した。

　何やら、話を聞けば同じ職場に大場という名前の婚約者がいるようだ。彼が山岳保護の担当者であり、美香自身は主に水域保護を担当しているらしい。その彼がまさに今、様子を見に行っているのだという。

「でも、二年目で担当を任されるって凄いですよ。元々、自然保護に興味があったんですか？」

「いえ、本音を言えば自然保護に興味があって、この仕事を始めた訳じゃないんです」そう言って、美香は顔を伏せた。「それこそ、きっかけは祖母が作ってくれたんです」

美香が初めて自然保護団体の仕事を目にしたのは、今から三年前のことだった。季節は、同じ夏。年忌供養の一貫として、カヨ子が毎年行《おこな》ってきたタチアザミの採取に付き添ったときだった。その頃はまだ、入山制限などもなく誰でも気軽に山へ入ることが出来た。きちんと整備された道があり、一般の人たちはそこをハイキング感覚で歩く。そんなスタイルが出来ていたからだ。当然、自分たちもそこを歩いていくのだとばかり思っていたのだが、カヨ子が向かった場所は違っていた。

横にそれた、獣道に近い草木の合間を通り抜けた場所に、タチアザミが沢山咲いているスポットがあるのだという。慣れた様子で進んでいくカヨ子とは反対に、美香の腰は引けていた。予想よりも急な斜面を横切っていたのだ。

何度もカヨ子から注意を受けていたが、身体は思うように動いてはくれない。それでも懸命についていき、もうすぐ目的地まで着くというところまで来たときだった。

安心からの油断だった。一瞬の隙に小石を踏んで足を滑らせた。まずい、と思ったときには遅かった。身体ごと、捻るように下まで滑り落ちてしまったのだ。背中を強打し息が出来ない。上方で、必死に呼び掛けているカヨ子の声も、うっすらとしか聞こえていなかった。急な斜面により、カヨ子もおりてくることは出来ない。どうしていいかわからず、恐怖で涙を流していたときだった。

たまたま通りかかった男性が美香に気付き、滑降するように駆け寄った。動けなくなった美香を背負い、カヨ子の元へと登っていくと彼はそのまま下山までしてくれたのだ。何度も頭を下げるカヨ子に注意しながらも、最後まで身体の心配をしてくれたその男性……その姿に、美香の心は動かされていた。

後日、お礼を伝えに彼の働いている事務所を訪ねた。彼は、自然保護活動を行う団体に所属しており、山の保全に務めているのだという。美香が転落したときはパトロールに出ていたため、たまたま発見することが出来たらしい。もし、タイミングが合わなければ大変な事態に陥っていた可能性があったのだ……と、そのとき再度お叱りを受けた。

そう考えると、確かに恐ろしいものだ。しかし、美香にとっては偶然のように思えなかった。彼が助けてくれたことはむしろ必然。出会うべくして、神様が与えてくれたチャンスなのではないだろうか。そんな錯覚すら感じていた。

まさに、一目惚れとはこのことだった。この日を境に、美香は自然保護について猛勉強を始めていた。彼と同じ仕事をしたいその一心で努力した結果、翌年には入団が決まり、今に至るという訳だ。

「不純な動機よね。今思えば、自分でも馬鹿らしいくらいだわ」

「それじゃひょっとして、その彼というのが今の婚約者という訳ですか？」

「ええ」と、美香は小さく頷いた。恥ずかしそうなその表情は、とても幸せそうだった。

「運命的な出会いと結婚。いやぁ、素敵な話ですね。カヨ子さんも喜んでいたんじゃないですか？　なんたって、相手は命の恩人ですからね」

こんなドラマチックな話などそうそうあるものではない。興奮気味に、典弘は足をバタつかせたのだが美香の表情は反して暗かった。

「それが、そうでもなかったんです」

のろけを隠す、謙遜《けんそん》の様には見えない。

「反対されていたんですか？」

トーンを落として恐る恐る顔を覗き込むと、美香は小さく「いえ」と首を横に振った。

「反対されていた訳ではないんです。ただ、祖母は私の結婚に対して慎重になっていたんだと思います。何より、父が失敗してますからね」

なるほど……と、典弘は頷いた。離婚が原因で早死にしてしまった息子の苦しみを、孫にだけは味わって欲しくない。慎重になっていたのはカヨ子さんなりの思いやりだったのだろう。

「そのことを彼はご存じだったんですか？」

「勿論です。でも彼は、自分のせいだと言って聞きませんでした。自分がもっと安定した仕事に就いていないからだ、と。気を使ってくれているんでしょうね」

「お優しいんですね」

「ええ、とっても」と、美香は頬を赤らめた。

「本当に、私には勿体ないくらいの人ですよ。だからこそ認めて欲しかったんです。そのために、祖母が喜びそうな物を彼からプレゼントさせたり、無駄に一緒に行動させるようにしたんですが。結局、最後まで認められないまま祖母はこの世を去ってしまいました」

と、美香は顔をそらした。

彼女にとっても複雑な思いがあるのだろう。年齢的には、たとえ家族の承認がなくても本人たちの意志で結婚することは出来る。あえてそうしなかったのは、やはりカヨ子に祝福してもらいたかったからだ。離れて暮らしていても、そこだけは筋を通したいと思うところが旧家生まれの血なのかもしれない。

「あっ、帰ってきたみたいですよ」

立ち上がる美香の視線を追うと、引き戸の磨りガラスに人影が映っていた。ここから、青いカッパが透けて見える。音を立てて引き戸が開くと、こんがりと日焼けした男性が顔を出した。フードを取り、羽織っていたカッパを脱ぐと、白いTシャツがあらわになる。

スラッとした体型だが腕の筋肉は見事なものだった。更に顔つきが男前とくれば、確かに美香が一目惚れするのも無理はない。同性の典弘から見ても納得の男性だった。

「お帰りなさい。こちらの方が、入山出来るかどうか知りたくて待ってたのよ」

「どうも」と、典弘は頭を下げた。

「そうだったんだ。それはお待たせして申し訳ない」

大場は、リュックサックを肩から外すと美香がそれを受け取った。

「どうかな、入れそう？」

「いや、危ないかもね。所々に落石もあったし、場所によっては土砂崩れにも注意する必要がある」

そう言って、水気を払う大場のカッパはずぶ濡れになっていた。この先の言葉は聞かなくてもわかる。恐らく自分は、無駄足で帰ることになるだろう。

「残念だけど、許可は出せないよ」

やっぱり……と、ため息を吐いた。

「わざわざ待ってもらったのにごめんね。また日を改めて天気のいい日に来てよ」

そう言って大場は困ったように笑った。

典弘だってこんな雨の中、好きこのんで来た訳ではない。だが、天気のいい日を待っていたのでは遅い。カヨ子の葬儀に間に合わせるために、こうしてカッパを纏ってまでここに来ているのだ。

勿論そんなことを言う訳にはいかなかった。美香からあんな話を聞いてしまったのだからそれは尚更のこと。仕方なく「わかりました」と、返事をした。

照玄和尚に何て言おうか、それぱっかりが頭を過る。折角、朝早くから起きてお主に頼んだのに……と、嫌味を言われるに違いない。

早起きは三文の徳……早くも、二つ目の損が起きている。そんな気がしてならなかった。

4

「どういうことでしょうか?」

安田家の居間で、明日の通夜について最終確認を兼ねた打ち合わせをしていたときだった。畳の上に置かれたローテーブルを挟み、照玄の向かいに座る和也は口を尖らせた。

「打ち合わせが直前になってしまったのは謝ります。ですが、戒名くらいは前もって決められたんじゃないですか?」

休日にも拘わらず、ワイシャツにネクタイを締めていることから、和也なりに喪主としてきちんと葬儀の話を進めるつもりだったのだろう。明日の通夜に向けて予《あらかじ》め準備をしっかりしておこう……と。

しかし、開口一番に照玄が告げた言葉に、和也は不満の意を示した。通夜の前日にも拘わらず、未だにカヨ子の戒名が決まっていなかったのだ。

「心配しなくても位牌はすでに頼んである。戒名さえ決まればすぐに用意は出来るさ」

「だったらすぐに決めて用意してくださいよ。戒名など、生前の名前を捩《もじ》れば簡単に決まるでしょう」

何をのんびりしているんだ？　と、言いたいのかもしれないが、照玄は手のひらを向けてそれを遮った。

「カヨ子さんは信仰心がとても強い方だった。そんな彼女が、これから仏の道に旅立とうとしているんだ。そんな簡単に戒名を付けるべきではない。彼女には、生前を表した戒名をきちんと付けてあげるべきなのだよ。だからこそ、決める前に喪主であるお主ときちんと話をしなければならない。そのためにこうして訪ねたのではないか」

そう言って小さくため息をもらすと、照玄は上方に目線を向けた。

「なに、簡単な質問に答えてもらうだけだ。後は任せてもらえれば、焦らなくても明日にはきちんとした形で用意出来るさ」

「そう言われましても、僕はしばらく祖母と会っていませんでしたし、詳しいことは答えられませんよ」

眉間にシワを寄せる和也に、「大丈夫」と照玄は口角を持ち上げた。

「私が聞きたいのはカヨ子さんの生前の姿だ。家族から見た印象でも構わない。お主が知り得る範囲で結構。彼女のありのままの人生を教えてもらいたい」

「はぁ」と、和也は深い息を吐いた。そして渋々と話し出す。

「祖母は至って質素な生活をしていました。仕事をしていた訳でもありませんし、いつも家に居て僕たちを見守ってくれていた印象しかありません。そんな、人生を語るほど大それた話は特にありませんよ」

「カヨ子さんは普段からあまり外出をされない方だったのかね？」

照玄の言葉に和也は頷いた。

「祖父が亡くなってからは特にしなくなりました。一人で出かけるなんてことも滅多《めった》になかったと思います。しいて言えば、墓参りくらいじゃないでしょうか」

「だが、カヨ子さんは亡くなる直前に外出していたそうではないか」

「あぁ、それですか」と、和也は頭をかいた。「恐らくは、仏壇に供えるためのタチアザミを山に摘みに行ったんでしょう。毎年、夏になると山に行ってましたから」

「数少ない外出も、供養とあらば山にまで足を運ぶ……か。やはり、亡くなられた方への思いは強かったようだね」

「そうかもしれませんね」と呟き、和也は視線を横へ流した。

彼があまり協力的ではないことは態度でわかる。普通ならば、知らないなりにも頭を捻って思い出そうとするはずだ。そうしようとしないのは、単に面倒くさいからではないだろう。

なるべく余計なことを言わないように……もっと言えば、ここ最近の話をなるべくしないように避けているといったところか。

あさっての方向を眺める和也に、照玄は鬚をなぞった。

「一つ聞いてもいいかね？」

「なんですか？」

「どうして君は、カヨ子さんの外出が登山だと思ったのだ？」

「えっ」と、和也は顔を上げた。

「事実、カヨ子さんは山に向かったそうだ。だが普通、外出と聞いて登山を連想する者はいないだろう？」

「いや、ですから毎年この時季になると祖母は山に登ってましたので、単純にそうかなと思っただけです。深い理由はありません」

そう言って、和也はポケットからハンカチを取り出すと、額辺りを拭い始めた。拭き取るほどの汗はかいていないように見える。

「毎年この時季に……か。果たして本当にそうかな。今年はタチアザミの開花が遅れていたそうだ。往年、カヨ子さんが採取に向かっていた時季とは、ずれているはずなんだがね」

スウッと息を吸い込む音が和也から聞こえた。テーブルに向けられていた視線は左右に泳いでいる。

「僕は、単なる憶測を述べただけです。それが、たまたま当たったというだけの話ですよ。そんなに重要なことですか?」

「重要という訳ではないが、ちょっと警察に知り合いがいてね。どうも、カヨ子さんが亡くなる直前に誰かと電話をしていたらしいのだよ。それで、ひょっとしたら君と話していたのではないかと思ってね。いや、違うのならば申し訳ない。だが、もしそうだとしたら、お主が家族の中でカヨ子さんと最後に話をした人物ということになる」

警察というフレーズに和也の眉がピクリと動いた。顎を引き、挑むような目線を向けてくる。

「どうして和尚さんが、祖母の死因を調べているんですか?」

「死因を追及している訳ではない。ただ、彼女が家族に向けて最後にどんなことを言っていたのか、それが知りたくてね。カヨ子さんがこの世を去る前に、何を思い、何を語ったのか、供養の参考にさせてもらいたいだけだ」

「……そうですか」

先程取り出したハンカチを固く握りしめ、和也は下を向いた。勿論彼の変化に気付いていたが、照玄は質問の手をゆるめなかった。

「別にお主を疑うつもりも、責めるつもりもない。だから、もし電話をしたのならば正直に話してはくれないかね――」

覗き込むように視線を向けると、和也は口元を曲げて鼻からゆっくりと息を吐いた。

「確かに、祖母とは電話で話しました。ですが、別に隠すつもりはなかったんです。ただ、ちょっと……訳がありまして」

「言いだしにくい何かがあったという訳か？」

「ええ」と、和也は背を丸くした。彫りの深い綺麗な顔立ちも、どこか歪んで見える。今度は本当に額に汗をかいていた。

「今から話すことは、和尚さんの中だけに留めてもらえますか？」

「勿論、誰にも言わんよ」

「警察の方にも……ですよ」

「わかっている」と、答えた照玄に和也は小さく頷くと、姿勢を正した。

「実は一週間ほど前に、タチアザミが開花したら連絡して欲しいと、祖母から言われていたんです。ですが、僕はそのことをすっかり忘れていまして。あのとき、慌てて美香にタチアザミの状況を確認して家に電話をかけたんです」

　そしたら……と、和也は眉間にシワを寄せた。

「多分、独り言を呟いていたんだと思いますが、妙なことを言っていたんです」

「カヨ子さんは、何と？」

「早くしないと、おじいさんに怒られる……と」

「ほう」と、照玄は興味深そうに顎に手を置いた。

　和也の言い方からすると、単に年忌供養が遅れて亡くなられたご主人に申し訳ない。と、いう意味ではなさそうだ。

「カヨ子さんのご主人は、生前そういった年忌供養を厳粛に執り行う方だったのかね？」

「いいえ、そんなことはなかったと思います。むしろ、疎《うと》いくらいだったんじゃないですか」

「では一体、カヨ子さんは何に怒られると？」

　照玄の言葉に、和也はゆっくりと首を振る。

「わかりません。僕はてっきり、祖父が夢にでも出てきたのかと思い、気のせいだから大丈夫だと言ったんですが。どうやら、そうじゃなかったようなんです」和也は目を伏せ、続ける。

「ここ最近になって、祖父の霊を見るようになった……とまで言いだしたんです。きっと、自分の供養が足りないから祖父が怒って出てきたのだと嘆いていました。しかも、現れたのは一度や二度ではなかったそうなんです。それを聞いたとき、僕はどうしようもない不安にかられてしまって」

そう説明する和也に照玄は小さく息を吐いた。彼が感じた不安は霊的な不安などではない。カヨ子の健康状態に不安を感じたのだろう。ひょっとしたら、何か病気にかかっているのではないか……と。

「そんな会話をした数時間後に、祖母が頭を打って死んだという話を聞かされたんです。正直、嫌なイメージしかわきませんでしたよ」

「気持ちはわかるが、どうしてそんな大事なことを警察に話さなかったのだね。彼らは今でも、何かしらの事件性があるのではないかと調べ回っているぞ」

「知ってます。そうして欲しかったから、あえて黙っていたんです」

「どうしてまた?」と、照玄が首を傾げると和也は再び顔を伏せた。

「僕が安田家の長男であり、跡取りだからです」

「世間の目……というやつか」

「ここは田舎ですから悪い噂などすぐに広まってしまいます。過去にも、自分の両親が離婚しただけで大騒ぎされましたから。ましてや、祖母が行動障害を起こして自殺したなどと噂が広まったら、安田家は一生白い目で見られることになる。だったら、何者かに殺されたのかもしれないと思われた方がずっとマシです。その方が、変に気を使って同情してくれる人だっていますから」

そう話す和也の表情は苦しそうだった。過去の苦い思い出を振り返ったせいか、奥歯を噛みしめるように口元を歪めた。

確かに田舎などそんなものだ。旧家ともなれば、余計な風当たりもあることだろう。同じく、天巌寺の跡を継いだ照玄にとっては和也の考えがわからなくもない。否定することなく「なるほど」と、静かに頷き腕を組んだ。

「もういいですか？　正直、あまり思い出したくないんです。それに、こんな話を聞いた和尚さんだって困りますよね。本当は、祖母を敬うような話を聞きたかったんでしょうけど」

「いやいや、ありのままを話して欲しいと言ったのは私だ。それが真実ならば、たとえどんな話であろうと困ることなどない。とても参考になっているよ」

「戒名を付ける参考にされても困るんですけどね」そう言って、苦笑いを浮かべる和也に照玄も笑ってみせた。

「病に侵されても尚、亡くなられたご主人を思っているのだ。素晴らしいことではないか」

優しく微笑む照玄に、「そう言ってもらえると、祖母も浮かばれます」と、和也は頭を下げた。

「僕が話せるのはこれくらいです。あとは、妹にでも聞いてください。アイツの方が最近の祖母を知っているはずですから」

「美香さんには、いくつか話を伺ったよ。出来れば今度は、弟さんと話をしたいところなんだがね」

「隆弘と……ですか?」途端に、和也の表情が曇った。

「何か問題でもあるのかね?」

「いいえ、そういう訳ではありません。ただ、隆弘に聞いてもあまりいい話は出てこないと思いますよ。安田家が嫌になり、真っ先に家を出たのがアイツですから」

和也の話では、両親が離婚して父親が亡くなってから、隆弘の様子が段々とおかしくなっていったのだという。誰かを嫌っていた訳ではない。関係のない周りの人間から、後ろ指をさされる生活が嫌になったのではないか……と。

そう話す、和也の顔付きも暗かった。少なからず同じ気持ちがあったのだろう。だからこそ、和也や美香も後を追うように安田家を出ていったのだ。そして今回のカヨ子の不審死。確かに閉口する気持ちもわかる。

「そうか。ならば、無理に聞かない方が良さそうだね。私も、悔やむ者の傷口を広げるような真似はしたくない」

「そうしていただけると助かります」和也が三度頭を下げると、照玄は静かに立ち上がった。

「ではこれで、戒名を付けさせてもらうことにするよ」

「よろしくお願いします」

「念のため、最終的な打ち合わせを明日の昼までにしたいのだが、そのときには三人揃ってもらえるかね？」

「わかりました。二人には僕から話しておきます」

「では頼んだよ」と、照玄は鬚をさわりながら畳の部屋をあとにした。

安田家の門を抜けると、照玄は振り返り息を吐いた。

どうやらこの家には複雑な事情があるようだ。重苦しい空気が、玄関の扉を通り越してここまで届いてきそうだった。

通夜は明日。もうあまり時間は残っていない。果たして間に合うかどうか……。

どんよりとした空を眺め、照玄は足を一歩踏みだした。

第四章　完璧なアリバイ

1

エンジンを切った蒸し暑い車内で、五十嵐は白いワゴンの到着を待っていた。優とぴあの駐車場。間もなく風見が訪問介護から帰って来るとのことだった。施設の者に、時間をもらう許可は既に取ってある。後は、本人に事情聴取をすれば何らかの進展があるはずだ。

昨晩、天厳寺を出てから柚希と合流し、詳細を確認しあった。指紋の拭き取られた汁椀、そしてカヨ子の死亡推定時刻付近に目撃された人物。この二つは間違いなく関連性があり、カヨ子の死に何らかの関わりがあることは明確だった。問題は、その人物が誰なのか。それさえハッキリすれば事件は解決に向かうはずだ。

昨日、柚希には孫三人のアリバイを確認してもらっていた。和也は、午前十時半には店に出勤していたようだ。途中、店を離れたクレーム処理の件も先方に問い合わせたところ、確かに和也が訪ねてきたとのことだった。その場で、一時間ほど説教を述べたらしく、和也が安田家に立ち寄り犯行におよぶ時間はないに等しい。

美香に関しても同様に、十時前に職場に到着し、それから十分以上抜けだした事実はない。そのことは、婚約者の大場と他の関係者が証人になっている。

そして、次男の隆弘に関しては他県へ出向いていたため相手先への電話確認になったのだが、確かに書類の受け渡しが行われていたようだった。同じく、職場の社長の杉原という女性が証言している。つまり、孫三人には完璧なアリバイがあった。

この時点で家族の犯行は不可能といえる。今回の事件の犯人は、カヨ子と関係を持つ人物であることは間違いない。そう考えると、現段階でアリバイのない風見が有力と言えるだろう。素直に吐いてくれればいいのだが……そう思いながら、険しい表情を浮かべていたときだった。目の前を白いワゴンが通過し、五十嵐は腰を持ち上げた。

ワゴンの背には、優とぴあの文字が見える。一番奥の駐車スペースに車が止まり、運転席から一人の男性が顔を出した。肩で傘を挟みながらトランクの扉を開けて、中から小さな機材を降ろしている。他に乗客がいないことを確認し、五十嵐は急いで車をおりた。

「風見亮太《かざみりょうた》さんですね？」

背後から声をかけると、風見はビクッと両肩を持ち上げた。それほど大きな声を出した訳ではないが、雨の音で近づいたことに気が付かなかったらしい。ゆっくりと振り返り、目を丸くしながら「そうですけど」と、傘を持ち上げた。

「お仕事中にすみません。私こういう者です」懐から名刺を渡すと、反応を待たずして五十嵐は続けた。

「今、とある事件を捜査してましてね。少しばかり、貴方にお聞きしたいことがあるんですよ」

「僕に……ですか？」

「そうです。貴方が発見された、安田カヨ子さんの死についてです」

直球をぶつけると、風見の黒目が左右に揺れ動いた。それに気が付かないほど五十嵐も鈍感ではない。反応を待ちながら鋭い目線を向けると、風見は不自然に傘の角度を下げて顔をそらした。

「既に施設の方からは承諾を得ています。ここではなんですから、とりあえず中に入りましょう」

「……わかりました」と、返事を受けて五十嵐は風見を施設内に促した。

談話室と書かれた小さな部屋に入った。普段は、施設利用者の今後や悩みなどの相談を受ける場所になっているらしい。周りの声も聞こえず、おかげで話を聞くには持ってこいの場所だった。テーブルを挟み、向かい合うように腰をおろすと五十嵐は話を切りだした。

「早速なんですが、安田カヨ子さんを発見された経緯をもう一度確認させてもらいますね」

ええと……と、わざとらしく手帳を捲るとその一文を指でなぞった。

「貴方は確か、カヨ子さんの様子を見るため自宅を訪れた。呼び掛けに反応がなく、中に上がらせてもらったところ仏壇部屋で倒れているカヨ子さんを発見……これで間違いありませんか?」

「間違いありません。すぐに救急車を呼んだのですが、僕が行ったときには既に息がありませんでした」

「手の施しようがなかったと?」

「勿論、蘇生しようと試《こころ》みましたよ。職場で学んだ通り、一通りのことはやったんです。でも、駄目だったものは仕方ないじゃないですか」

睨《にら》むように眉間を寄せる風見に、五十嵐は大げさに頷いた。

「わかってます。そのことについて、貴方の対応を咎めようってことじゃありません。貴方に確認したいのは別のことです」と、五十嵐は顎を引いた。

「私が聞きたいのは、どうして貴方が安田家の様子を見に行ったのか？　です」

五十嵐が鋭い目線を送ると、途端に風見の顔が曇った。

「どうしてと言われましても、さっき刑事さんが確認されたようにカヨ子さんの様子が気になったからですよ。独り暮らしの老人宅を定期的に訪ねるのも仕事の内ですから」

「貴方の担当地区じゃないのにですか？」

五十嵐の問いに風見は目を見開き、視線を落とした。テーブルの一点を眺めるその目には狼狽の色が見える。

「たまたま近くを通りかかったので」

「たまたま？　そうですか」と、五十嵐は腕を組んだ。

「しかし、確認させてもらったところ、貴方の担当地区は真逆の方向ではありませんか。たまたま通りかかるというのは変ですよねぇ？」

「それは……」

言葉を濁す風見に、五十嵐は立ち上がった。

「風見さん、いい加減本当のことを話してもらえませんかね。そうやって矛盾した話を重ねていくと、我々としては疑わしく思ってしまう」

風見の肩を軽く叩くと、目線の高さまで腰を落とした。

「カヨ子さんは、古い考えの持ち主でした。調べたところ、銀行には一切預金をしてなかったようです。つまり、家の何処かに財産を保管していたようなんです。貴方も聞いたことあるでしょう？　この辺の御老人によくある、タンス預金という奴ですよ」

「……何が言いたいんですか」

「貴方が安田家を訪れた本当の目的は、そのタンス預金だったんではありませんか？　留守だと思い侵入したらカヨ子さんは在宅。咄嗟に頭を殴りつけて殺した後、仏壇部屋の柱に頭を擦りつけ、あたかも柱に頭を打ったかのように見せかける。そして、我々の質問に対し、カヨ子さんが認知症を患っていた可能性を話して不慮の事故に思わせた。違いますか？」

　風見は、俯いていた顔を勢いよく持ち上げた。

「違いますっ。そんなことする訳ないじゃありませんか！」

　一方的に告げる五十嵐を睨み返すその目は、微《かす》かに血の気を帯びている。

「だったらどうして、貴方は担当地区外の安田家に何回も足を運んだんです？」

「それは……」

「それは……なんです？」と、被せるように追い込みをかけたときだった。

　談話室の扉をノックする音が聞こえ、五十嵐は慌てて姿勢を正した。肝心なところで水を差されてしまったが、場所を借りている身なので仕方がない。咳払いをして、扉に向かって「どうぞ」と答えた。

ゆっくりと戸を開き、外から顔を出したのは風見と同い年くらいの女性だった。ショートボブに、少しだけ下がった目尻があどけなさを生んでいる。申し訳なさそうな顔で、その女性はペコリと頭を下げた。

「あの、お話し中にすみません。ちょっとよろしいですか？」

「なんでしょうか」と、五十嵐が答えると、女性はおずおずと問いかけてきた。

「実は、通りがかりに会話が聞こえちゃったんですけど、風見くん……何か疑われているんですか？」

「あぁ……いや、ただ確認させていただいてただけですよ」

どうやら、気が付かない内に声が大きくなってしまっていたようだ。しまったな、と、心の中で舌打ちした。

「だったらいいんですけど。カヨ子さんの名前が出てたから、つい気になってしまって」

「失礼ですが、あなたは？」

「高野《たかの》といいます」と、再度頭を下げられ自己紹介を受けた。聞くところによれば、今年入ったばかりの新人らしい。風見と同期になるようだ。心配して首を突っ込んできたのだろう……一瞬そう思ったのだが、施設の方から聞いた情報を思い出し、ハッとなった。確か、安田家を担当しているのは新人女性だったはず。ひょっとしてこの女性が？　と、思った矢先に高野が口を開いた。

「もし、風見くんが安田さん家に行っていたことを疑っているんであれば、それは刑事さんの勘違いですよ」

「おい、高野っ」

キッパリと言い放つ彼女に、風見は焦《あせ》ったように口を挟んだ。

「だって、風見くんがハッキリ言わないいんだもん」

「余計なこと言うなって。いいから、お前は持ち場に戻れよ」

「そうやって誤魔化して、ハッキリと相手に伝えないからダメなんじゃんか。そんなんだから、美香さんにも気付いてもらえないのよ」

「お、おいっ」

堪らず立ち上がった風見は慌てて高野に身を寄せた。だが遅い。聞き捨てならないフレーズが既に五十嵐の耳に入っていた。

「美香さんに気付いてもらえないとは、どういう意味でしょうか？」

鋭い声で投げかけたその質問が、二人の小競り合いを止める。風見はゆっくりと振り向き、力なく椅子にもたれかかった。答えなくてはならない状況に、自然と頭《こうべ》が垂れている。

「風見くんは、安田美香さんに会いたくて頻繁に顔を出していたんですよ」

この期におよんで口を噤《つぐ》む風見に代わり、呆れた様子で高野が答えた。

「どうにか交流を持ちたいっていうから、安田さん家の担当だけ替わってあげてたんです。

バレたら怒られるから内緒で替わってあげてたのに。それなのに、いつまで経っても告白しないいんですもん」

やんなっちゃいますよね？　と、彼女はすっかり丸くなった風見の背を指差した。

高野曰く、風見は過去に研修のために安田家を訪れた際、美香に出会った。それから美香のことが忘れられなくなったそうだ。彼女がそこで暮らしている訳ではないことはすぐにわかったが、安田家に行けば会えるチャンスが生まれてくる。

憧れの女性に近づきたい……か。確かに、それが安田家を訪れていた本当の理由なのであれば、風見に殺意は全くなかったことになる。

だが、それを真に受けてしまっては刑事は務まらない。五十嵐は背を正した。

「では、カヨ子さん発見当日も、孫の美香さんに会いに行ったという訳ですか？」

「……そうです」

「その結果、中に居たのは美香さんではなく、倒れていたカヨ子さんだった……と」

「はい」と、風見は小さく頷いた。

「だけど、いくら会いたかったとはいえ一日に二回も訪ねるというのは如何なものかな。一歩間違えればストーカーになりますよ」

「二回？」

五十嵐の言葉に、風見は怪訝そうな表情で顔を上げた。

「お昼頃にも安田家に行っていたでしょう？　ご近所の方が家から出てくるのを見ていたそうですよ」

カマをかけて問い質したが風見は首を横に振った。今度は目も泳いでいない。

「それは僕じゃないです。昼は、ちゃんと担当地区を回ってましたから」

「それを証明することは出来ますか？」

「出来るも何も、各家を回っていた訳ですから証人は大勢いますよ。確認してもらえればすぐにわかるはずです」

横に立つ高野も同意するように頷いていた。この様子だと嘘ではなさそうだ。確かに担当地区を回っていたのであれば、アリバイを確認するのは簡単なことだ。だが、だとすれば風見のアリバイは完璧だということになる。

五十嵐は閉口せざるを得なかった。これで、安田カヨ子に関係する全ての人のアリバイが確認されたことになる。

おかしい……そんなはずはない。

実際に、事件当日の昼に目撃された怪しい人物がいるのだ。その人物が、カヨ子にとって見ず知らずの人間である可能性は極めて低い。では、一体誰が安田家に侵入したというのだろうか。

証言では、目撃されたのは男性とのことだった。ここ最近でカヨ子の周辺に思い浮かぶ男性と言えば、孫の和也と隆弘。そして、ホームヘルパーの風見に美香の婚約者でもある大場。この四名くらいだ。

午前中、カヨ子と行動を共にしていた大場に一度は疑いの目を向けてはみたが、目撃証言のあった時間には既に現場に戻っていたことがわかっている。美香同様に職場の人間が証人だ。

つまり、昼の間この四名は誰も安田家に行っていないことになる。まさに八方塞がりの展開に五十嵐は鼻の頭にシワを寄せた。

「これでわかってもらえましたか？　何を確認しているのか知りませんけど、風見くんを疑っても意味ありませんよ」

高野は、してやったりと言わんばかりに顎を持ち上げると、そのまま風見の背をひっぱたいた。

「告白もろくに出来ない意気地無しに犯罪なんか無理よ。ねっ？」

「お前なぁ」

背中をさすりながら風見は顔を上げたが、高野に「何よ」と、返され黙り込んだ。はたからみれば、彼女の尻に敷かれたカップルのやり取りのようだ。微笑《ほほえ》ましい限りだが今は笑ってもいられない。

「半ば強引に話をしてしまいすみませんでした。職業柄、矛盾したことに対して過敏に反応してしまうものですから」

　ご理解ください、と、五十嵐が丁寧に頭を下げると、ため息を吐きながらも風見はゆっくりと首を左右に振った。

「疑われるようなことをした僕も悪いですから。大丈夫です。それよりも、こうしてカヨ子さんの死について調べているということは、やっぱり何か事件性があるということなんですか？」

　返答に困る質問だったが、正直に「あくまでも可能性ですが」と頷いた。

「先ほども言いましたように、当日の昼頃に不審な人物が目撃されているんです。それが誰なのか、何のために安田家に出入りしたのか。それを調べているところなんです」

「そうですか。それで僕に」と、風見は顔を曇らせた。

「散々、疑いをかけた後で恐縮ですが、何か思いあたる点はありませんでしょうか？　誰か、頻繁に安田家に出入りしていた人物がいたとか」

「そう言われましても、全く見当がつきません。さすがに僕も、四六時中ストーキングしていた訳じゃありませんから」と、風見は苦笑いを見せた。

　それもそうだ。美香に婚約者がいることすら気付いていない様子の風見が、カヨ子の交友関係を知っている方がおかしい。

「では、カヨ子さんを発見したときはどうでしたか。何か、不審な点はありませんでしたか？」

「それも、前に違う刑事さんにお答えしたんですが、これといって特には。というよりも、動揺していてよく覚えていないというのが正直なところなんです」

「そうだとは思います。ですが、今一度思い出してみてください。安田家の中で唯一、あの仏壇部屋だけ手を加えられた形跡があったんです。あなたが部屋に入ったとき、何か気付いたことはありませんでしたか？　どんな些細なことでも結構です」

しつこいようだが、これぱかりは仕方がない。八方塞がりの暗闇にいる以上、小さな光を探さなければ前に進むことが出来ないのだ。

ダメ元で確認すると、風見は小さく「そういえば」と、声をもらした。

「関係ないかもしれませんが、少しだけ気になったことがあります」

予想外の一言に、五十嵐は前屈みに構えた。

「あのとき僕は、呼び掛けをしながら家に上がらせてもらったんですが、仏壇部屋の襖が少しだけ開いてたんですね。そこから、カヨ子さんの足が見えたもんですから慌てて襖を開いたんです」

そしたら……と、風見は思い出すように鼻を擦った。

「一瞬ですが、何だか良い香りがしたんですよ」

「良い香り？　線香の香りではなくてですか？」

仏壇部屋ならそうだろうと思ったのだが、「違うと思います」と、風見は首を左右に振った。

「何て言いますか、ミントのような爽やかな香りだったんですよ。どちらかと言えば、香水のような感じでしたけど」

「香水……ですか」

カヨ子がつけていたとは考えにくい。だとすれば、部屋に入った誰かのものということだ。香水の残り香……。頭の中でくり返し呟くと、五十嵐は目を見開いた。

「お役に立てなくてすみませんが、思い出せるのはこれくらいです」

「いえ、充分です。貴重な情報をありがとうございました」

そう言葉を残し、先ほどの失礼を再度わびると急いで席を立った。

ふと、頭を過ったことがあったのだ。

2

「あれ？　早かったですね」

予想よりも早く、署に戻ってきた五十嵐に柚希が声をかけた。彼女もまた、聞き取りの内容が気になっていたのか離れた場所から小走りで駆けてくる。

「どうでしたっ、風見は吐きましたか？」

期待を寄せる眼差しに、五十嵐は「いや」と首を振った。

「彼が安田家を訪れていた動機は全く別のものだった。アリバイも完璧にある。恐らく風見はシロだ」

談話室でのやりとりを一通り話すと、柚希は露骨に肩を落とした。風見がシロということは、再びふりだしに戻ったことになる。動機や殺害方法が判明していない今、捜査は暗礁に乗り上げたも同然だった。

「また一からですか」

「それが、そうでもない」と、五十嵐はネクタイを弛《ゆる》めるとノートパソコンを開いた。

「何かわかったんですか？」

「いや、まだだ。それを調べるために急いで戻ってきたんだよ」

そう話しながら、安田家の情報が入ったファイルをクリックした。安田カヨ子を中心に線を引いた関係図が現れる。既に亡くなっている安田カヨ子の息子。その脇に書かれている女性の名前を指でなぞった。

名前は、鹿内香奈《しかうちかな》。カヨ子の息子と離婚した元奥さんの旧姓だ。その名前をメモに残すと、急いで情報課にメールを打った。

「お前、この女を調べたか？」

「別れた奥さんですよね？　いえ、まだです。昨日はアリバイの裏取りで精一杯だったので」

すみません、と柚希は頭を下げた。

結局、殺人事件の可能性があることを本部に知らせていなかった。動機や殺害方法は不明。それに、集まったのは証言だけで事件と断定する決定的証拠は何もない。指紋が拭き取られていたくらいでは、上は動かないだろう。引き続き、二人だけで手分けして調査をするしかなかった。

「だよな」と、五十嵐は苦笑いを見せた。

「この女が、何か関係しているんですか？」

「わからん。ただ、今打ったメールの返答次第ではそうなるかもな」と、五十嵐は送信ボックスを指差した。

求めた内容は鹿内香奈の現在。離婚した後の彼女の情報だった。もし、予想があっていればこの女性が今回の事件のキーマンになることは間違いない。眉間にシワを寄せながらメールの返答を待つと、数分後に受信の知らせが届いた。すかさずファイルをクリックする。そこに書かれていた内容に、二人は息を呑んだ。

「これって……」

「滝沢、車を回してくれ。大至急、向かうぞ」

「わかりましたっ」

唾を飛ばしながらノートパソコンを閉じると、二人は部屋を飛びだした。

鹿内香奈は昨年、再婚し名字が変わっていた。【杉原香奈《すぎはらかな》】。これが現在の彼女の氏名になる。つまり、タケノネ不動産の社長こそが、安田家三人の母親だったのだ。

五十嵐は、懐から一枚の名刺を取り出した。隆弘に聞き取りを行うため職場に向かった際、杉原本人からもらったものだ。ふと、彼女から漂っていた香水の匂いを思い出す。確かに鼻筋をよく通す、鋭い香りだった。

あれが、ミント系の香りと言えるのかは定かではない。だが、通った場所に残り香を置いてくるほどに、振り撒いていたことだけは確かだった。

もし、彼女が今回の事件に関わっているとしたら……そう考えると辻褄《つじつま》が合う。

今回の事件の犯人は、間違いなく安田カヨ子に関係のある人物だ。相手が杉原香奈ならば、元身内ということもあり安易に家に上げた可能性も考えられる。それともう一つ。彼女が関わっているとすれば、隆弘のアリバイも怪しくなってくる。

隆弘と杉原香奈。二人が協力し、出向いたとされる取引先と口裏を合わせれば偽装アリバイが出来上がる。

つまり、そのアリバイが崩れれば隆弘のアリバイも消えるということだ。二人が共犯だとすれば、安田カヨ子の死亡推定時刻付近で目撃された男性も頷ける。恐らくは、隆弘だ。

「どうします？　二人いっぺんにやりますか？」ハンドルをきりながら、柚希が目線を寄越した。

「そうしよう。二人別々に聞き取りをさせてくれるとは思えない。逮捕状でもない限り、無理に聞き出そうとしても拒否されるのがオチだ。だったら、再確認ってことで二人いっぺんに聞いた方がいい。それに、その方が反応も見られるからな」

「もし、口を割ったらどうします？」

おどけたように小首を傾げる柚希に、「ありえねぇよ」と五十嵐は唇を軽く噛んだ。あれだけ堂々と知らん顔をしていた女だ。簡単に口を割るほど精神的に弱くはないはず。

「まぁ、何かしらのボロが出てくれれば充分だろうな。とりあえず、今回は様子見だ」

「じゃあ、任意同行に持ってくのは反応次第ってことで」

「そういうことだ」と頷くと、五十嵐はフロントガラスを指差した。

「タケノネ不動産はそこだ。手前のパーキングに停めて、後は歩いて行くぞ」

前回、タケノネ不動産を訪れた際に利用したコインパーキングへ車を停めた。二人は車をおりると、反対側の歩道を歩いていく。のぼりの上がった店を目視すると、そこに杉原香奈の姿が見えた。キャリアウーマンを演じたいのか、白いワイシャツに赤い口紅が際立っている。もっとも、近くに寄ればそれが安っぽい演出であることに気付くのは言うまでもない。

しばらく様子を見ていると、今度は奥の部屋から二十代の男性が現れ二人は顔を見合わせた。

「バッチリいますね」

「いいか、今回は俺が話す。お前は二人の表情をよく見とけ。極力話さず、様子見に徹してくれ」

「わかりました」

「よしっ、行くぞ」と、顎で合図をすると、二人は扉に向かって歩み寄った。

透明なガラス戸を押し開くとカウベルが甲高く鳴り響く。すぐさま、中にいた二人は目線を向けてきた。客ではないことを察したのだろう。スーツ姿の自分たちを目にした隆弘は口を半開きにしている。彫りの深い顔立ちの和也とは対照的に、少しだけ丸みを帯びた輪郭をしているが、よく見るとパーツを組み合わせた雰囲気は兄弟と言われれば納得がいく。恐らく隆弘は母親似なのだろう。口元などは杉原香奈にそっくりだった。

この部屋の中は、既に香水の匂いが立ち込めている。先日、嗅いだものと同じ匂いに思わず鼻をひくつかせた。これだけ香りが強ければ、部屋に匂いが残っていても不思議ではない。

「あら刑事さん、またですか。今度は一体何の用？」

その匂いの元となる人物が、素っ気なく出迎えてくれた。その口調と態度は、前回とは打って変わって横柄なものだった。

相変わらず品の無い化粧だ。横に立つ隆弘は、刑事というフレーズを聞いてか開けていた口を閉じると、あさっての方向に顔を背けた。

「あまり何回も来られても、商売の邪魔なんですけど」

煙たそうに赤い唇を歪ませる杉原に、五十嵐は「いやぁ、すみません」と頭をかいた。

「まだ、彼の方から直接お話を聞いてないものですから、今日こそはと思いましてね」

安田隆弘さん……ですよね？　と、知らん顔をする彼に顔を向けた。

「そうだけど、俺は別に話すことなんかねぇよ」

接客業をしているとは思えないような言葉使いに、思わずため息がもれた。そして、その返答に対して注意をしない杉原にも呆れる。子が子なら、親も親。似ているのは顔だけではなさそうだ。

「まぁまぁ、そう言わずにご協力ください。他ならぬ事件解決のためですから」

何か口を出しそうになる柚希を抑え、勝手に椅子を拝借するとそのまま腰をおろした。

柚希は、一歩下がってその様子を一瞥《いちべつ》すると黙って両手を前で組んだ。

「事件って、カヨ子さんの件かしら？」

「そうです。やはり安田カヨ子さんの死因には不自然な点がありましてね。第三者が関わっている可能性が出てきたものですから、再調査をしているところなんです」

丁寧に説明を述べると、「そんなの知らねぇよ」と、隆弘が口を挟んだ。

「祖母ちゃんは、行動障害を起こして自分から柱に激突した。そう聞いたぜ」

そう言って腕を組むと、柚希と自分に向けて交互に目線をチラつかせた。

「それが、そうでもないんです。何者かが部屋を荒らした形跡が見つかりました。そうなると、殺人事件の可能性が出てきます」

「荒らされたって、金目の物は盗られてなかったんだろ?」

「確かにそうです。ですが、ある一ヶ所だけ不自然な点があったんですよ」

「そんなものどこに……」と、隆弘はボソリと呟いた。

まるで、自分の中で確認しているかのようにも思える。挑発的だった姿勢が前に傾いていた。

「仏壇ですよ。供えられていたお椀の位置が逆になっていたんです。聞くところによれば、仏壇に供える位置には決まりがあるそうです。信仰の深かったカヨ子さんが置いた可能性はありません。ですから、知らない誰かが間違えて置いたんでしょう」

あまり仏教に興味のない誰かがね……と、言葉を付け加え、二人に目線を配った。

途端に、隆弘は口を開かなくなった。さっきまでの威勢もなく、自分の爪を弄り始めている。代わりに声を出したのは杉原の方だった。

「それで？　その誰かを探しているのはいいけど、結局のところここには何しに来たのかしら？」

あっけらかんと話す杉原に、「アリバイの再確認です」と、答えると彼女の目が吊り上がった。

「それなら、この間来たときに話したはずよ。それに、あなたたちだって取引先に確認の連絡を入れたみたいじゃないの」

恐らく、柚希が問い合わせしたことを先方から聞いたのだろう。だが、そんなのは予測の範囲内だった。

「ええ。確認させていただきました。確かに、死亡推定時刻付近、隆弘さんは遠方に足を運んでいたようですね」

「だったら、それで充分じゃないかしら？」

呆れたように鼻であしらう杉原に、五十嵐は口角を持ち上げた。

「本当に行っていたら、の話ですがね」

「どういう意味よ」

「失礼ですが杉原さん……貴女は、その時間どちらにいましたか？」

「はぁ、私？」と、自分を指差すと杉原は眉を吊り上げた。

「ここに居たわ」

「なるほど。では、それを証明する人はいますか?」

「ちょうど店も中休みだったし、私一人だったからいないわよ。でも、私は関係ないでしょ」杉原はそっぽを向いた。

「何をおっしゃいますか。関係ないってことはないでしょう。貴女も、元安田家の人間なんですから」

五十嵐は、あさっての方向を向く杉原の顔をジッと眺めた。身元は調べてあるぞ……と、告げたも同然なのだが、それでも杉原は冷静だった。

「だったら何よ。もう離婚してるんだから、私には関係ないわ」

「貴女と安田家の関係はなくなったかもしれません。ですが、親子の関係は今も続いているはずだ。こうして息子さんと一緒に働いている訳ですから」と、隆弘に視線を流した。

「どうして、最初にここへ来たときに、親子であることを教えてくれなかったんです?」

「教えるも何も、聞いてこないからに決まってるでしょ。別に隠していた訳じゃないわ。そんなの調べればわかることなんだから隠したって仕方がないわよ」

確かにその通りだ。親子の関係などは調べれば簡単に判明する。だが、捜査の進展を遅らせる要因にはなるはずだ。

「ではまぁ、それについてはひとまず置いておきましょう。問題なのは、お二人には親子の縁があるということです」

つまり、と、五十嵐は指を立てた。

「もし仮にですが、隆弘さんが訪れたとされる取引先に、口裏を合わせるように杉原さんが頼んでいたとしたらどうでしょう。そうなると、隆弘さんのアリバイはなくなり、カヨ子さんの死亡推定時刻付近に安田家に出向くことが出来たということになりますよね？勿論、元々アリバイのない杉原さんも、犯行は充分に可能だ」

「私たちが、カヨ子さんを殺したっていう訳？　冗談じゃないわ。馬鹿言わないでっ」

杉原は五十嵐の正面に立つと、眉間にシワを寄せて睨みを利かせた。

「大体ね、彼女を殺す動機がないわよ。私のことは怨んでいたかもしれないけど、私には彼女に対する怨みなんか、これっぽっちもなかったわ」

今にも噛みついてきそうな勢いの杉原に、「でしょうね」と、五十嵐は軽く頷いてみせた。

確かに、自分から安田家を出ていった身なのだからそういった感情はないはずだ。だが、積年の怨みはなくともほんの些細な出来事がきっかけとなり、瞬間的な殺意が芽生えてしまうことだってある。または、殺意がなくとも不意に殺してしまった、などというケースも少なくはない。

きっかけなど、日常生活にあふれているものなのだ。

「では、隆弘さんはどうでしょうか。何か、カヨ子さんを憎んでいたことはありませんでしたか?」

「俺だって……」少し間を置き、「ねぇよ。そんなもん」と隆弘は口を歪ませた。何か他にも言いたそうな雰囲気だったが、途中で言葉を飲み込んだようだ。

「本当は、家族をバラバラにされたことに不満があったんじゃありませんか?」

「はぁ?」と、隆弘は首を傾げた。

「ご両親が離婚し、周囲から噂話をされることになったのも、姑だったカヨ子さんが口煩《くちうるさ》く家庭の問題に首を突っ込んでいたからだ。そんな風に考え、気が付けば煙たい存在になっていたんじゃありませんか? だからあなたは実家を出て、こうして母親の元で働き始めた。違いますか?」

会話の流れで、動機やアリバイを崩せるとすれば隆弘の方からだ。彼はまだ若い。初犯での殺人とあらば心中穏やかではいられないはず。

「杉原さんに殺意はなくとも、息子の隆弘さんが過《あやま》ちを犯してしまったとしたら、それを庇《かば》うのが親心というものだ」

そう言って、五十嵐は杉原を指差した。動揺からか、それとも犯罪者にしたてあげられ、怒りの感情が込み上げているのかはわからないが、隆弘の肩が小刻みに揺れている。怒らせるような発言をしたのはわざとだ。冷静さを奪うことが目的だった。だが、この質問に杉原はため息を吐くと、静かに首を左右に振った。

「いい加減なことを憶測で言うのは止めて頂戴《ちょうだい》。第一、そこまで言う根拠は何なのよ。私たちが、カヨ子さんに何かしたっていう証拠でもあるのかしら？」

落ち着いた口調で指摘され、逆に五十嵐の方が返せなかった。証拠も何も、言われた通り全ては憶測でしかない。その反応を見た杉原が、それ見たことか……と、口角を吊り上げた。

「ないんだったら、さっさと帰ってもらえるかしら。こっちだって、変な話に付き合ってられるほど、暇じゃないんだから」

勝ち誇ったような顔付きに、五十嵐と柚希は顔を見合わせた。他に客も居ないのに一体何が忙しいのやら。柚希から、どうしますか？　と、言わんばかりに何度も目配せを受けると、五十嵐は大きく頷いた。

「わかりました。では、今日のところはこれで失礼いたします」

すんなり引き下がると、柚希から小声で「いいんですか？」と耳打ちされた。五十嵐は黙って頷くと、柚希の肩を数回叩いてそのまま出口へと誘導した。その後ろを追い出すように杉原がついてくる。閉店でもないのに鍵でも掛けそうな勢いだ。

柚希が外に出ようと透明なガラス戸に手を掛けたとき、五十嵐はクルリと振り返った。

「そう言えば、大事なことを忘れていました。一つ、お願いしたいことがあったんです」

「お願い?」明らかに嫌そうな顔を見せ、杉原は腰に手を当てた。

「いや、捜査とは関係のない、個人的な話で申し訳ないんですけどね」

「何よ。家を買いたいっていう話なら大歓迎だけど、どうせ違うんでしょ?」

貴方には無理っぽいもの……と、馬鹿にするようにフンッと鼻を鳴らされたが、五十嵐は素直に頷くと「実は……」と話を切りだした。

「貴女がつけている香水が気になりましてね。何て名前の香水を使っているんです?」

「えっ、これ?」

意表をついた質問だったのか、杉原は自分の胸元を指差した。突然、何を言い出すのかと首を傾げている。

「今日、うちの嫁さんの誕生日なんですよ。とても良い香りなものですから、帰りに同じものを買ってってやろうかと思いましてね」

「へぇ、見かけによらずマメなのね」

皮肉を言いつつも、自分の香水を誉められ悪い気がしなかったのだろう。杉原は、奥の棚から小さな瓶を持ってくると、「意外と高いけど、いいのかしら?」と、目の前に差しだした。

すかさず受け取り蓋を外して匂いを嗅いだ。間違いなく彼女がつけている香水だった。

「ちょっとメモをさせていただきますね」

五十嵐は、ボトルに書かれた名前を手帳に書きだしていく。簡単なデザインも描いているると、その様子を後ろから柚希が覗き込んでいた。二人して、あまり長いこと眺めているのも変に思われてしまう。そう思い、ざっくりとデッサンを起こすとすぐにボトルを返した。

「ありがとうございました。妻もきっと喜びます」

「いいえ、どういたしまして」と、業務的な言い方をすると杉原は目を据《す》えた。今度こそ早く帰れ……と、言いたいのだろう。

「ではこれで。また、伺わせていただきます」頭を下げて今度は本当に店を出た。

去り際に、小さく「また来んのかよ」と、隆弘の声が聞こえたがあえて振り返りはしなかった。

「どうだった？」

車に戻るなり、五十嵐が柚希に訊いた。

「何とも言えませんね。どっちとも取れる反応でした。ですが、少なからず隆弘の方には何かありそうな気がしますね」

「だよな、俺もそう思う」

威嚇するような態度は警戒の現れだ。それと同時に、動揺を隠すための手段とも見受けられる。杉原に関しては、直接関わっているのかは微妙だが、隆弘が事件に関わっているのだとすれば、間違いなく絡んでいるだろう。そうでなければ隆弘のアリバイは作れない。あの手のタイプは実にしたたかな生き物だ。全ての感情を演じ分けることくらいは出来るだろう。

「いずれにせよ、この香水を風見に嗅いでもらえばわかるさ」

五十嵐は、先程のメモを千切ると柚希に差しだした。

「悪いが至急手配して、確認を取ってくれ」

「五十嵐さんは、どうされるんです?」

「俺は一度、署に戻ってタケノネ不動産について調べたあと、天巌寺に行ってくる。明日の通夜に参加させてもらえるように頼むつもりだ」

安田家の人間が一度に集まるチャンスは他には無い。タイミングを見て、色々と聞き取りが出来ればいいと考えていた。

「そうですか、わかりました。では、こっちは確認が取れましたら連絡します」

「頼むな」と、言葉を返すと五十嵐は窓の外を眺めた。相変わらず、どんよりとした雨雲が広がっているが、心はどこか晴れやかだった。

どうやら今日は、嫌味を言われることもなさそうだ。

3

【待てば海路《かいろ》の日和《ひより》あり】

典弘の好きなことわざの一つだった。たとえ今は辛くとも、耐えしのんでいればきっといいことが訪れる。簡単に言えば、そういった意味になる。

だが、今日に限っては待てども待てどもいいことが訪れてはくれなかった。現実は、ことわざの範囲に収まるほど、安易なものではないということを教えられた気がする。

思えば、待ってばかりの一日だった。山から戻ってくる大場を待っても結局、入山許可はおりずタチアザミは採取出来なかった。照玄和尚にそのことを伝えようと、肩を落としながらトンボ返りをすれば、今度はその和尚が行方不明。

通夜の打ち合わせに安田家へ向かったのは知っているが、その後どこへ行ったのか一向に帰ってこない。方丈の間で、かれこれ二時間くらい待ち続けていた。

方丈の間とは、その名前の通り和尚さんが使う部屋のことを指す。主に大衣に着替えたり、塔婆を書いたりする作業場のような役割を果たしている。つまり、ここで待っていれば、外から帰ってきた和尚に必ず遭遇するという訳だ。それなのに、照玄和尚は中々姿を現さない。まさか、どこかに遊びに行ってしまったのだろうか。

大衣を着たまま遊びに行くというのは、普通はありえない。だが、照玄和尚ならやりかねないのが恐いところだ。段々と不安になってきたとき、廊下が軋《きし》む音が耳に入った。

この独特な歩調は間違いない。照玄和尚のものだ。典弘は、咄嗟に崩していた足を揃えて背を正した。

「お帰りなさいませ」

そう言って、パタパタと大衣の袖を揺らしながら入ってくる照玄和尚に頭を下げた。手に何かのファイルを持っていることから、どうやら遊びに行っていた訳ではなさそうだ。

「なんだ典弘、ずっと此処におったのか？」

「はい。ご報告がありましたので、待たせていただきました」

「用があるなら、連絡すればよいだろうに。そのために、携帯電話というものがあるのだからな」

照玄は手荷物をおろしてスマートフォンを見せつけた。確かにそうかもしれないが、修行中は携帯電話等の電子機器は没収される。それに、番号を聞いていないのだから掛けようがない。勿論、照玄はそれをわかった上で言っているのだ。

出会い頭の衝突ならぬ、出会い頭の意地悪をされたがそんなのは慣れたものだ。さらりと受け流し、「今まで、どちらにいらしてたんですか？」と切り返した。

照玄は、机の引き出しを開けて中にファイルをしまい込むと、おもむろに腰をおろした。

「明日の通夜に向けて準備に忙しくてな。ちょっと買い出しに行っていたのだ。だが、これがどうも見つからなくてな。無駄足に終わったよ」

肩に手をあてて、彼は首の骨をポキポキと鳴らし始めた。和尚自ら、買い出しに行くというのは珍しい。普通ならば、誰かにお使いを頼みそうなものだ。

「何を探してらしてたんですか？」

「カヨ子さんへの供物だ。明日は、彼女が生前好きだったお食事を出そうと思ってな」

「それだったら、言ってもらえれば準備しましたのに。今から、探してきましょうか？」

タチアザミの採取よりよっぽど簡単なお使いだ。それに、そのタチアザミが駄目だった分、挽回《ばんかい》したい気持ちで言ったのだが、照玄和尚は「いや、もういい」と首を左右に振った。

「彼女は、少し変わったものを好んでいたようだ。何とか用意出来ないものかと頼んでは見たのだが、材料の調達もすぐには出来ないらしい」

それに……と、照玄和尚は鬚を撫でると、「私に用意出来なかったものが、お主に用意出来るとは思えんよ」と目線を寄越した。

「カヨ子さんには申し訳ないが、タチアザミだけで勘弁してもらうことにしよう」

ギクリ……と、典弘は肩を持ち上げた。

「あのぅ、その件なのですが」

怒られるのを承知で、午前中の出来事を事細かに報告した。自然保護団体の事務所に立ち寄り美香と大場に会ったこと。そして、入山許可がおりずに手ぶらで帰ってきたことを話すと向かいからため息がもれた。

しばらく何かを考えるように照玄和尚は空中を眺めている。この沈黙が耐え難かった。だから黙って入ればいいものを……と、ぼやかれるだろうと覚悟していたのだが、返された言葉は予想外のものだった。

「それは仕方がないな。許可がおりなければ採りようがない。残念だが、タチアザミも諦《あきら》めるしかないか」

照玄和尚らしからぬ、あっさりとした優しい言葉に目を剥いた。だが、逆にそれが恐かった。愛情の反対は無関心。何も言われないことの方がかえって辛い。

「お主はもう下がりなさい。私は今から、知人と会わなければならない。それに、明日の準備もしなければならないからな」

「わかりました」

お忙しいところ失礼しました。と、頭を下げて部屋を出たが、典弘の心には大きな靄がかかっていた。

どうにかタチアザミを用意出来ないものか……それはかりが頭にあった。

4

お寺という建物は随分と部屋が多いものだ。

今回、五十嵐が通された部屋はこれまでと違う洋風の造りだった。脚の長い木目調の椅子とテーブル。お洒落な花瓶にはユリの花が生けられている。窓には薄黄色のカーテンが架かっていた。この部屋だけを見れば、ここがお寺だということを忘れそうだ。

「何をキョロキョロしとるんだ?」

向かいに座る照玄に指摘され、五十嵐は「いやぁ」と、テーブルの中央に目線を落ち着かせた。そこには灰皿が置かれている。

「寺っぽくないな、と思ってな」と、言ってタバコをくわえて火を着けた。

「随分とご機嫌だな。捜査に進展でもあったのかね」

「まぁな」煙を吐きながら五十嵐は自慢気に答えた。

あれから、タケノネ不動産について調べあげた。元々は、杉原香奈の再婚相手が経営していた会社だった。ある程度、経営が軌道に乗ったところで、それを杉原香奈が任されたようなのだが、どうやら彼女が引き継いでから数字が右肩下がりになっていたようだ。

賃貸の方は何とかなっているようなのだが、肝心の不動産売買が上手くいっていないらしい。田舎ということもあり、高層マンションなどの需要はほとんど無い。高齢化の進む街には、近くに施設があったり病院がある物件……これが一番の好条件なのだ。

だが、そんな条件の揃った場所に余った土地などある訳がない。紹介したくても、そうした土地がないことに頭を悩ませていたようだ。

そのことを知ったとき、五十嵐の頭にある仮説が過った。安田家は近くに施設も病院もある。なんならこの天巌寺も近い。まさに理想の物件といえる。杉原香奈にとっては、喉から手が出るほど欲しい物件だったに違いない。

「カヨ子さんは認知症になりかけていたようだからな。そこを狙って、どうにか土地の権利証を譲ってもらう魂胆だったんじゃないか」

だが……と、五十嵐は灰皿にタバコを押し付けた。「カヨ子さんは、首を縦に振らなかった」

「それで息子の隆弘君を使いカヨ子さんを殺害した……そう言いたいのかね？」

照玄の言葉に、五十嵐は小さく相づちを打った。

「そうなると、お前んとこの修行僧が聞いてきた、男の目撃情報も頷ける。恐らくは次男の隆弘だ。目先の金目当てではなく、狙いは権利証にあるのだとすれば、部屋が荒らされていなかった理由も納得出来る」

「そうか」と、照玄は静かに頷いた。

どうやら嫌味を言う箇所が無いようだ。その反応に思わず顔がニヤケた。

「それで？　その二人が犯行に及んだ証拠は揃っているのか？」

「確実なものはまだない。だが、裏付ける根拠はある」

五十嵐は、風見が嗅いだ匂いについて説明し始めた。仏壇部屋に残された香り、それが今の結論に辿り着く要因となった。

本当ならば、部屋にあったはずの座布団が見つかれば話は早いのだが、恐らくは処分済みだろう。そんなものをとっておくとは思えない。その点も納得したのか、照玄は黙って頷いていた。

「一つ、聞いてもいいかね」

「なんだ？」

「仮に、隆弘君がカヨ子さんを殺害したとしよう。だがそこに、殺意はあったと思うか？」

「故意か事故かってことか？」

うーん……と、五十嵐は腕を組み、口を歪めた。正直なところ殺害方法もよくわかっていない。柱にカヨ子自身の指紋がなかったため、安易に後ろから押したとも考えにくい。かといって、事故だとも言い切れない。つまり、今話しているのは状況的見解にすぎず、殺害に至るまでの経緯は全くもってあやふやなままなのだ。

「お前はどう思うんだ?」

何もわかっていないことを悟られないように、逆に質問で返すと照玄は小さく頭を振った。

「まさに、諸行無常《しょぎょうむじょう》だな」

ボソリと呟く照玄に、五十嵐は「はぁ?」と首を捻った。

「この世は常に変化する。誰も先のことを予測することが出来ない。そういう意味だ」

勿論、諸行無常の意味は知っている。疑問に思うのは、何故その言葉が今出てくるのか……だ。

「要するに、事故だったたって言いたいのか?」

「そうではない。私が言いたいのは、犯人にとってもカヨ子さんの死は予想外だったのではないか?　という意味だ」

言ってる意味が全くわからない。それを事故というのではないのだろうか。突っ込んだ質問をしようかと思ったが、五十嵐は言葉を飲み込んだ。要するに、照玄もよくわかっていないのだろう。

ハッキリと『わからない』と答えたくない。だから、難しい言葉を使いそれらしい答えを寄越したのだ。コイツの性格を考えて、ほじくり返すことはせず、「なるほど」とわかったふりをしてみせた。

「まぁ、どのみち通報しなかった時点で、故意または過失になるからな。それも立派な罪だ。充分に起訴出来る」

「だが、決定的な証拠がないのにどうやって逮捕するというのだね」

片方の眉を吊り上げる照玄に、五十嵐は「そこなんだよ」と指をさした。決定的証拠があがらない以上、残された方法はただ一つ。本人からの自白しかない。

「母親の杉原香奈から自白を取るのは恐らく無理だ。出来るとしたら、息子の隆弘の方からだろうな」

「精神的に弱い方を突く訳か。恐いな、警察のやり方は」

せせら笑う照玄に、半眼になって五十嵐は言い返す。

「何言ってんだ。本当に恐いのは犯人の方だよ。人を殺しておいて、のうのうと暮らしているんだからな」

「確かに、それは言えてるな」

「隆弘はまだ若い。明日、カヨ子さんの遺体を目の前にしたら、ひょっとしたらボロを出すかもしれん。そこを突けば逮捕は可能だ」

そう言って指を立てる五十嵐に、「待ちなさい」と照玄は口を挟んだ。

「まさかとは思うが、お主も通夜に参列するつもりではないだろうな?」

「あぁ、そうさせてもらいたい。合間を見て、もう一度詳しい話を聞こうかと思う」

別に構わないだろ? と、手のひらを上に向けて肩をすくめる五十嵐に照玄は静かに目を閉じた。

「駄目だ」

「はぁ? 何でだよ。別に式の最中にやろうって訳じゃないいんだ。お前の邪魔はしねぇって」

「通夜を何だと思っている。彼女と別れをしのぶ最後の夜なのだ。私の邪魔をしなくても、カヨ子さんとそのご家族の邪魔だ」

鋭い視線を向ける照玄に、「おいおい」と呆れたように手を振った。

「カヨ子さんの供養のために、真相を突き止めろって言ったのはお前だろ?」

「そうだ。だから、通夜の最中は駄目だと言ったのだ。真相を突き止めるのは、その前でなければならん」

「つまり、通夜の前に結論を出せってことかよ」

五十嵐は、再びタバコをくわえて火を着けた。こいつは一度言いだしたら簡単に曲げるような男ではない。本当に面倒くさい男だ。

「明日の昼に孫三人に集まってもらい、最終的な打ち合わせを安田家で行うことになっている。そのときならば、他人に邪魔されることなく話が出来るはずだ」

「三人揃った中で話を切り出せってか？　いくら何でも、そりゃないだろ」

兄姉の前で罪を暴かれる方が、家族へ与えるショックは大きくなる。それならば、通夜が行われてから個人的に問い詰めた方が断然いいはずだ。本当に、何を考えているのかわからなかった。

「真実を知るにはちょうどいいのだよ。三人揃ったときの方がな」

「何か、策があるってことか？」

「まぁな」と、照玄は鬚を弄って笑みを浮かべた。


雨の中、傘もささずに車に戻った五十嵐は、肩の水滴を払い落として運転席に腰をおろした。少しだけ窓を開けると、タバコに火を着けぼんやりと外を眺めた。

別に吸いたかった訳ではない。ほとんど無意識の動作に近かった。明日、本当に上手くいくかどうか、どうしても不安が残る。妙な胸騒ぎがしてならないのだ。

三人が集まる昼の最終打ち合わせに居合わせればそれでいい、としか言わず照玄は詳しい内容を話さなかった。一体、何をするつもりなのかはわからないが、彼なりの考えがあるのだろう。

とりあえず、今は彼を信じて時が来るのを待つしかない。それに、万が一言い逃れされたとしても、こっちには風見の証言がある。

仏壇部屋に残された香り。それが、杉原香奈の香水と一致すれば、それを元に再び揺さぶりをかけられる。

あの二人が何かを隠しているのは確かだ。刑事の勘がそう告げている。片方が崩れれば簡単にメッキは剥がれるだろう。フィルターまで吸ったタバコを灰皿に押し込むと、五十嵐は携帯を取り出した。

そろそろ確認が取れたはず……そう思い、リダイヤルボタンを押して柚希にコールすると、三回目の呼び出し音で『滝沢です』と、返事があった。

「どうだ、終わったか?」

『ええ。今、確認が終わりました』

その言葉に五十嵐は目を見開いた。

「それで、香水は一致したのかっ」

『それが、どうやら風見さんが嗅いだ香りは全く別のものらしいです』

「何っ?」堪らず声をあげ、眉根を寄せた。

「お前、ちゃんとメモした香水を持っていったんだろうな」

『勿論ですよ。自分でも匂いを確認してから、風見さんに嗅いでもらいました。ですが、この香水は全然違ったようなんです』

そんな馬鹿な……と、声を失った。だったら、彼が嗅いだ香りは誰の物だったというのだろうか。

『もしもし、聞こえてますか？　もしもし……』

風切り音が混じる滝沢の声に、「あぁ」と力なく返事をすると、五十嵐は雨の滴《したた》るフロントガラスをジッと眺めた。

気のせいだろうか。心なしか雨が強くなっていた。

第五章　裏切りの天秤

1

通夜当日。

約束通りに五十嵐は安田家を訪れた。出迎えてくれた美香の案内で敷居を跨がせてもらうと、既に和也と隆弘は木のテーブルを挟み照玄と向き合っていた。

俯き加減で照玄の言葉を待っている。そんな印象だ。五十嵐は、皆に向かって一礼すると、極力邪魔をしないように一歩下がって腰をおろした。

「さて、揃ったようなので始めるとしよう」

おもむろに口を開いた照玄に、「ちょっと待った」と隆弘が声をあげた。

「どうして、刑事がいるんだよ。アイツは関係ないだろ？」

五十嵐を睨み付ける彼に、照玄はなだめるように手のひらを向けた。

「通夜の前に、どうしても確認したいことがあってね。彼は、その見届け人として私が呼んだのだよ。別に邪魔をしにきた訳ではない。それとも、彼がいると何かまずいのかね?」

「いや、別にそういう訳じゃ」と、バツが悪そうに隆弘が下を向くと、替わって和也が口を開いた。

「ですが、見届け人というのはどういうことなんでしょうか。通夜の打ち合わせに、見届け人など聞いたことがありませんよ」

確かに、そんなものは聞いたことがない。一体何を話すつもりなのかと、五十嵐も照玄の背を眺めた。

「確認したいのはカヨ子さんの遺志だ。彼女自身、どのような葬儀にしたかったのかが知りたくてね」

「遺志といっても、残念ながらその様な話はしたことがありませんから、私たちもわかりませんよ」

なぁ?　と、和也は確認するように目を向けると、美香と隆弘も黙って頷いた。

「いや、恐らく何らかの形で遺志を残しているはずだ。彼女は人一倍、信仰心が強かったようだからね。きっとシュウカツもしていたはずだ」

「シュウカツ?」と、和也は首を傾げた。

「終末へ向けた活動、終活だ。つまり、自らの最後を飾るための準備のことだよ。予め、遺影に使う写真を撮っておくのも終活の一つといえる。普通は、一緒に暮らす者へその遺志を伝えておくものだが、残念ながらカヨ子さんは独り暮らしだったからね。きっと誰にも告げず、日記のようなものに残していたはずだ」

「日記ですか」と、和也の表情が曇った。

「日記があるとすれば、ひょっとしたら遺書を残していたかもしれないからね。そうなると、葬儀の件だけではなく遺産がらみの話になるかもしれない。だからこそ、万が一のことを考えて五十嵐刑事を見届け人として用意したのだ」

そう言って指をさされた。全くもって、今初めて聞かされたことだったが、五十嵐は「そういうことです」と合わせるように呟いた。

「その、もし遺書が残っていた場合はどうなるんですか?」

黙って聞いていた美香が初めて口を挟んだ。逆に和也と隆弘は、グッと口を噤み、下を向いている。

「遺産相続等を含め、カヨ子さんの遺言通りに事が進むことになるだろうね」

照玄が微笑みながら頷くと、和也の顔が歪み始めた。五十嵐は、その表情の変化をジッと眺めると、眉間にシワを寄せて腕を組んだ。

跡を継ぐ予定の和也からすれば、今さら遺書が出てきては困るのかもしれない。預金等の金銭的な相続ならば単純に平等分配されるだろうが、家屋の相続になると難しい問題になってくる。

恐らく和也は、安田家を継ぐことでこの家を相続しようと考えていたはず。だが、遺書が見つかり、そこに相続人が指定されていた場合は話が大きく変わってくる。この物件は中々の資産になるはずだ。手放したくない思いは少なからずあるだろう。

「どうだろう。そのような物を見かけはしなかっただろうか？」

照玄の問いに、孫三人は顔を見合わせた。

「僕は、見たことありませんよ。そもそも、日記をつけている祖母の姿を見たことがありません」

「私も……ないです」和也の答えに被せるように、美香も首を振った。

「隆弘君はどうかね？」

「俺も知らねぇ。だいたい、ここに来るのだってしばらくぶりなんだから、そんな姿見てる訳ないでしょ」

ぶっきらぼうに答えると、隆弘はチラリと目線を向けてくる。家に来たのはしばらくぶりだ、という答えを強調したいのだろう。だから変な疑いを持つなよ……と。

本当かどうかはわからないが三人の答えは同じものだった。一緒に暮らしていないのだから、知らなくても不思議ではない。

照玄は「そうか」と、残念そうに頷くと手をポンッと叩いた。

「では、今から皆で手分けして探していただけるかね」

「えっ、今から探すんですか？」と、目を見張る和也に照玄は頷いた。

「あるのかないのかわからないのであれば、探してみないことには始まらんだろう？」

「いや、ですが……」

「なぁに、探して出てこなければそれまでの話なんだ。三人で手分けしてやれば結論はすぐに出る」

そう言って顎鬚を弄る照玄に、和也は美香と隆弘に目配せした。言葉に出さず、唇だけで『どうする？』と確認しているのがわかる。すると、隆弘が何かを思い立ったように口を開いた。

「いいんじゃね？　なかったらそれまでだって言うんだ。さっさと手分けして探そうぜ。兄貴も別に問題はないだろ？」

隆弘がそう言うと、和也は眉毛をピクリと持ち上げた。

「まぁ、別にいいけど」

「じゃあ、始めようぜ」と、隆弘は立ち上がった。

「兄貴は、寝室と書斎を見てくれ。美香姉《ねえ》は、この部屋を探してくれればいいよ」

「隆弘はどうするんだ？」

「俺は、仏壇部屋でも探してみる。三十分、それだけ探して出てこなかったら無いってことでいいよな?」

話を振られ、照玄は「構わんよ」と頷いた。

三人はお互い頷き合うと、早速、行動に移し始めた。和也と隆弘は美香を残して部屋を出ていく。違う部屋へと向かう二人の背を見届けると、美香も小さくため息を吐いて立ち上がった。

「少し、埃がたつかもしれませんが」

「いやいや、私たちのことは気にせず、どうぞ作業を進めてください」

「すみません」と、頭を下げると美香も近くの引き出しを開け始めた。

部屋の中には、昔ながらの木製の引き出しやガラス扉の戸棚がある。趣味の本から辞書などの書物がぎっしりと詰まっていた。中身を取り出して、全部を確認するとしたら三十分では終わらないような気もする。

「おい照玄っ、遺書なんか探させてどうするつもりだよ?」

身を寄せて、五十嵐は小さく呟いた。美香は、背を向けたまま黙々と引き出しの中身を物色《ぶっしょく》している。照玄は、その様子をただ黙って眺めているばかり。

「いい加減、教えろって」苛立ちを隠せず催促すると、「なぁに」と照玄は顎を持ち上げた。

「黙って見ていればわかるさ」

黙って見ていろと言われても、ただこうして座って待つだけの時間ほど長く感じることはない。壁に掛けられたゼンマイ式の古時計を何度見ただろうか。

美香は、黙々と同じような動作を繰り返しているだけだ。照玄も部屋から出ようとしなかった。それどころか、坐禅を組んでいるかの様に微動だにしない。一瞬、寝ているのではないかと顔を覗き込んだが、その目はしっかりと美香の背中を捉えていた。

「なぁ、ちょっとタバコ吸ってきていいか?」

「我慢しろ。少なくとも、他の二人が戻ってくるまではこの部屋から出てはいかん」

嘘だろ? と、天を仰いだときだった。向かいの扉から和也が顔を出した。小さく、首を左右に振っていることから、どうやら日記らしき物は見つからなかったようだ。

「どうだ、見つかったか?」和也は声をかけると、美香は作業の手を止めた。

「ううん、全然見当たらない。多分、あるとしてもこの部屋にはないと思う。そっちは?」

「いや」と、ため息を吐き和也は腰をおろした。

「日記どころか、寝室には本類は全くなかった。書斎も、祖父《じい》ちゃんの好きだったミステリー小説しか置いてなかったよ」

「そう……」と、呟くと美香も同じように腰をおろした。もう探したくない……そんな言葉が聞こえてきそうな雰囲気だ。

実際、ざっとではあるが美香は一通りのチェックは済ませていた。同じところを再三見直した上で、やめ時を待っていたのかもしれない。まだ三十分も経っていないが早くも二人は結論を出したようだ。

後は隆弘だけ。仏壇部屋に繋がる廊下の障子に目線を向けると、ちょうど彼の影が写り込んだ。そして音もなく障子が開く。

「なんだ。二人とも早いじゃんか」

既に居間に戻っていた和也と美香の姿を見た隆弘は、頭をかきながら同じように腰をおろした。

「どうだ、あったか？」

「いや、仏壇部屋には何もなかったよ。でも、俺に聞くってことはそっちにもなかったのか？」

「まぁな」と、和也は頭をかいた。どこか、ホッとした表情を浮かべているようにも見える。遺書らしきものが出てこなければ、安田家の相続は予定通りに和也が受ける形になるのだろう。

その件に関して、他の二人が口を挟まないということは、それで納得しているのかもしれない。一体、これからどうするつもりなのかと、五十嵐は照玄の背を眺めた。三人も同じように言葉を待っている。

「どうやら、結論が出たようだね」

「残念ながら、和尚さんの言う日記はなかったということでいいですか」

「しっかり探してはくれたのかな?」首を捻る照玄に、「ちゃんと探したって」と、隆弘が呆れたように言葉を吐いた。和也と美香も同意の頷きを見せている。

「隅々まで見た結果、それらしいものがなかったんだからもういいだろ。それとも、通夜が始まるまで探せってか?」

「いやいや、それが結果というのであれば仕方がない。カヨ子さんの遺志が見当たらない以上、葬儀は通常通りの段取りで進めるだけだ」

だったら、最初からそうして欲しかった……そう思ったのか、三人は小さくため息を吐くと各々が足を崩し始める。幾分リラックスした様子を見せる三人だったが、照玄は「ただし……」と声を張った。

「そこに偽りがなければの話だがね」

その一言で部屋の空気が一変した。途端に三人の目付きが鋭くなる。

「もし、この中の誰かが何らかの理由で嘘をついているとしたら、私は許すことが出来ん。その者のせいで、カヨ子さんの最後の遺志が台無しになる訳だからな」

「ちょっと待ってください。そんな嘘をついてどうするんですか?」

慌てて美香が口を挟むと、照玄は「さぁね」と片眉を上げた。

「やましいことがあると人は嘘をつきたがる。理由はともあれ嘘はいかん。今のうちに本当のことを話して欲しい。ただそう思うばかりだよ」

「だから、誰も嘘なんかついてないって。本当になかったんだから」

なぁ？　と、隆弘が促すと、二人も静かに頷いた。

「そうか、わかった」と、照玄は呟くとクルリと振り返った。

「五十嵐刑事。今の三人の話はちゃんと聞いていたかな？」

「あぁ」

「では、確認してみよう。すまないが全員ついてきてもらえるかね」

そう言って、照玄は立ち上がると近くの障子に手をかけた。全員を引き連れ、廊下を挟んだ祭壇部屋を通り抜けると、一つの襖の前で足を止める。そして、ゆっくりとその襖を開いた。薄暗い小さな部屋の奥には、黒塗りの仏壇が置いてある。

その他には背の低い木のテーブルと、重ねられた座布団。そして、壁に埋め込まれた小さな引き戸と棚があった。全員を中へと誘導すると、照玄はおもむろに口を開いた。

「隆弘君。お主は、この部屋を隅々まで探しても、それらしいものが見当たらなかった。そう言ったね？」

「だから、そうだって」

その返事に先ほどまでの元気はない。微かに声がこもっていた。

「そうか。では質問を変えよう。今日以外で最近この仏壇部屋に入ったことはあったかね？」

両肩をピクリと持ち上げ、隆弘は小さく「いいや」と答えた。聞き取れるか取れないか、それくらい小さな返事だ。

「他のお二人はどうだろう。最近、この仏壇部屋に入ったかね？」

「私は何度か入りました。といっても、祖母が亡くなってからですが」すぐさま美香が答えると、和也も「僕も二回ほど」と、指を二本立てた。

「ではそのとき、あの仏壇を弄ってはいないだろうか？」

「僕は、両手を合わせたくらいです。他には何も」

「私も一切手をつけていません。最初に、警察の方から触れないようにと言われたので、それから何となく抵抗があったものですから」そう言って美香は胸に手を置き、下を向いた。

「ならば、隆弘君以外はあの仏壇をよく見たことがない。そういうことだね？」

再度確認すると二人は静かに頷いた。そこに偽りがあるようには思えない。

「では今一度、仏壇を調べてみよう。五十嵐刑事、頼めるかな？」

「わかった」と、頷き五十嵐は仏壇と向かい合った。

中央にある位牌に向かって両手を合わせると、並べてある仏具をどかし始めた。仏壇の中をじっくりと見たのは初めてだ。意外とある奥行に感心しながら丁寧に探してみたのだが、中にはそれらしいものはない。

次に、すぐ下に付いている引き出しに手をかけた。中には蝋燭やマッチなどのストックがあるくらいで、ここにも本類は置かれていなかった。見たところ他に探す場所はない。仏壇の上方は、飾りつけのされた彫り板が取り付けられており、引き出しの下はただの黒い板が貼り付けてあるだけだ。

「照玄和尚、何もないですよ」

敬語を使ってみたものの、冷静ではいられなかった。この仏壇に日記があるような言い方だったが、残念ながら隆弘の言う通りここにそんなものは見当たらない。

「もっとよく探してはもらえるか？　まだ見てない箇所があるのではないかね？」

見てない箇所なんてないだろ……そう思いつつ、五十嵐は仏壇の中に顔を突っ込んだ。上下左右に目を凝らすが日記を置くようなスペースはない。取り付けられた飾り板や、引き出しの下をさわってみたが特に変わった様子もなかった。

「やっぱりないぞ。これ以上、どこを見ろっていうんだ？」

口を尖らせ、今度はタメ口で返すと、「やはり知らないとわからないものだな」と照玄は口角を持ち上げた。

「引き出しの下……その黒い板の両端を掴み、下に向かって引いてみなさい」

「こうか?」と、呟きながら五十嵐は言われた通りに板を引っ張った。すると、黒い板が少しだけズレた。

「その状態で、横にスライドしてみてくれ」

掴んだ手を右に動かすと、スルリと板が動いた。

「お、おいっ。これ」目の前に広がる光景に、五十嵐は思わず声をあげた。

同じように、和也と美香も「あっ」と声をもらした。先ほどまで黒い板が付いていた箇所に銀色の扉が現れたのだ。暗証番号を押すボタンが付いたこの扉は紛れもなく金庫だった。

「隠し扉という奴だ。恐らく、日記はその中にあるのではないかな」

何てことのないように照玄は金庫を指差した。知っていたからこその反応だろうが、初めて発見した身からすれば驚きものだ。

「凄いな」と、思わず声がもれていた。「これじゃ、普通に探しても見つからんぞ」苦笑いを浮かべて五十嵐は頭をかいた。

和也と美香は、興味深く金庫の扉を覗き込んでいる。だが、隆弘だけは目線があさっての方向に向けられていた。

「確かに五十嵐刑事の言う通り、この隠し扉は知らないとわからない。だが、彼は恐らく知っていたはずだ。そうだろう？　隆弘君」

「いや……俺は……」

「知らないと言うのであれば、指紋鑑定をしてもらうよ。今、お主は手袋をしていない。恐らく金庫の扉からお主の指紋が検出されるはずだ。それでも、知らないとシラをきるつもりかね？」

「隆弘、お前……」と、和也が身を寄せると隆弘は目を泳がせた。全員の視線が注がれる。すると、何かを吹っ切ったかのように隆弘は舌打ちした。

「あぁ、知ってたよ。だからなんなんだ」

すかさず、五十嵐は立ち上がった。

「どうして君は、これを隠していたんだ？」

「このことを今言ったら、兄貴が困ると思って黙ってたんだよ。遺言とか相続がどうとか、そういうので揉めたくねぇんだ俺は」

唾を飛ばす勢いの隆弘に、「本当にそれだけか？」と五十嵐は眉根を寄せた。

この隠し扉を知っていたということは、中に金庫があったことを知っていたということになる。金庫の中に日記が入っているかもしれないが、その他に重要な書類も入っているはずだ。例えばこの土地の権利証。そう考えると、隆弘と母親の杉原香奈が事件当日ここに来ていたのではないかという仮説に結びつけられる。

「本当は、知っていたことを隠したかった理由が他にあるんじゃないのか？」五十嵐が睨み付けるように見下ろすと、隆弘は「そんなもんねぇよ」と、言葉を吐き捨てた。

「じゃあ聞こうか。君は、どうしてこの金庫の存在を知っていたんだ？」

「それは……」と、隆弘は言葉を濁した。

「カヨ子さんが亡くなったあの日、君がこの部屋に居たから。違うか？」

「違うっ、そんなんじゃない」隆弘は大きく首を振った。その顔は、耳まで赤く染まっている。

「俺がまだこの家に住んでいたときに、祖母ちゃんがコッソリ教えてくれたんだよ。だから前々から知っていたんだ」

なるほどそうきたか。と、五十嵐は口を噤んだ。和也と美香は知らなかったことのようだが、自分にだけコッソリと教えてもらったと言われればそれまで。カヨ子が亡くなってしまった以上それを確認することは出来ない。

追い討ちをかける言葉に困っていると、「それはイカンな」と照玄がボソリと呟いた。

「一度嘘をつくと、それを隠すために人は更に嘘をつく。すると、やがてボロが出てしまうものだ」

「はぁ？」と、首を傾げる隆弘に照玄は鋭い視線を向けた。

「残念ながら、その話は真実とは言えんな」

「何でそんなこと言われなきゃなんねぇんだ。真実じゃないとか、あんたがわかることじゃねぇだろ」

隆弘の口調は次第に強くなっていた。攻撃的な姿勢を見せることで自分を守るつもりなのだ。タケノネ不動産にいたときもそうだった。だが、攻撃する相手が悪い。今、向かい合っているのは他ならぬ照玄和尚。空想で物事を話す奴ではない。

さて、どうでるのか……と、五十嵐は様子を伺うと照玄は鬚を弄りだした。

「ここに住んでいたときに、カヨ子さんから教えられた……そう言ったね。それは、いつの話かな？」

「いつとか言われても、もう何年も前の話なんか覚えてねぇよ」

「ほぅ」と、照玄は口角を吊り上げ笑みを浮かべた。

「お主は、本当に仏教に興味がないようだな。何年も前に、カヨ子さんから教えてもらうことなど出来やしないのだよ」

何故ならば……と、照玄は仏壇を指差した。

「この仏壇は、半年前に出たばかりの新しいものになるからね」

「なっ」と、短く声をあげると隆弘は口を開けたまま停止した。見開いた目は瞳孔が開いている。

「仏壇は、ご先祖様の家なのだ。せめて、前に見ていた仏壇と違っていることくらいわかって欲しいものだな」

首を左右に振りながら、照玄は隆弘の肩を数回叩くと目線を五十嵐へと向けた。後はお主の仕事だ……そう言われたような気がする。

「では、改めて聞こうか」と、五十嵐は隆弘に詰め寄った。

「君はいつ、この金庫を知ったんだ?」

質問に答える気配はなかった。グッと、口を固く閉じて両目は畳を見つめている。

「カヨ子さんが亡くなったあの日、君はこの部屋にいた。だから金庫の存在を知っていた。そうだな?」

この問いにも隆弘は反応を示さない。だが、身体は小刻みに震えていた。

「仏壇に並べられた茶碗と汁椀が、何者かによって弄られた形跡があった。恐らくそれは、この金庫を開けようとしたときについたものだ。だが、この金庫は簡単に見つけられるものじゃない。つまり、知っている人物じゃないと仏壇を弄ったりなんかしない。そして恐らく、仏壇を弄っていたその人物の背後には、カヨ子さんが横たわっていたはずだ」

「お、おい隆弘っ、お前まさか」声を震わせながら、和也は隆弘の顔を覗き込んだ。

「違うっ、俺じゃない。俺はやってない」

溜めていたものを吐き出すように隆弘は声を出した。その声は、攻撃的なものではない。絞り出すように発した精一杯の反論だった。

「嘘をつくなっ。お前しかいないんだよ。いい加減、本当のことを吐けっ」

耐えきれず、五十嵐は隆弘の胸ぐらを掴むと、途端に隆弘は脅えた目を見せた。これ以上、隠し通すことは出来ない。そう感じたのか、「わかった正直に言うよ。言うから放して」と彼は頭を垂らした。

「確かに、俺はあのときこの部屋にいたよ。だけど違うんだ。本当に俺は、祖母ちゃんに何もしてないんだって」

「どういうことだ?」五十嵐は掴んでいた手を放すと、隆弘は呼吸を整えるように、ゆっくりと息を吸い込んだ。

「俺が来たときには、既に祖母ちゃんは倒れていたんだ」

2

杉原香奈の様子が変わり始めたのは今から三ヶ月ほど前のことだ。

理由は明確なものだった。

タケノネ不動産の数字が急激に下がり始め、再婚した夫が香奈を咎《とが》める姿を隆弘は何度も見ていた。このままではタケノネ不動産は倒産する。そうなれば、職だけではなく新しい夫まで失いかねないことを香奈は理解していた。

精神状態が乱れていき、次第に香奈はやつれ始めた。母親の肌が荒れ、化粧もしなくなり、輝きを失っていく姿を見るのは息子の隆弘にとっても辛かった。自業自得と言われればそれまで。だが、自分にとっては唯一の母親。何とかしてあげたい気持ちは当然あるが、タケノネ不動産を盛り上げる力はない。もどかしさと不安にかられながらも、隆弘は黙って見ていることしか出来なかった。

そんなある日、隆弘は香奈から妙な質問を受けた。

突然、カヨ子について『最近の体調はどうなのか?』と尋ねられた。ここ最近は、全く顔を合わせていなかったため、隆弘はわからないと答えると、様子を見に行って欲しいと頼まれた。理由を聞くと、近所で妙な噂が流れていることを耳にしたのだという。

最近、カヨ子の様子がおかしい。つまり、認知症になっているのではないかとの噂だ。

それを聞いた隆弘は首を捻った。歳も歳だし、あり得る話だ。確かにそれは心配事ではある。

ただ、どうして今さら香奈がそんな心配をしているのか、それが不思議でならない。とはいえ、カヨ子の容態が気になった隆弘は、すぐさま安田家に車を走らせた。

久しぶりの実家は少しだけ抵抗があった。もう、すっかり他人の家のような感覚になっている。しかし、中にいたカヨ子は笑顔で『おかえり』と招き入れてくれた。一応、持ってきた手土産を渡すと彼女は一層喜んでいた。見たところ変わりはなく元気そうだ。

居間に腰をおろして、来た理由をどう話そうか迷っていると、昼食を食べていかないか？　と、誘われた。ちょうど昼過ぎだったため小腹が空いていたのは事実だったが何となく断った。

残念そうな顔をされたが生憎長居する気はない。それに、必要以上の会話は慣れないせいか気まずくて仕方がなかった。

『最近、どうしているか？』という質問に対して答えるのが精一杯。それでも、カヨ子の様子を見るには充分だった。認知症というのはどうやら単なる噂話だったようだ。

カヨ子は、隆弘が持ってきた手土産を仏壇にあげてくる。と、席を立った。これといって、他に用がある訳でもない。戻ってきたら適当に切り上げよう……そう思い、居間でカヨ子が戻るのを待っていると、数分後に彼女は戻ってきた。

手には、先ほど持っていった手土産がある。形だけあげてすぐにおろしてきたのだろう。その後の言葉は予測がつく。

一緒に食べよう……そう言われるのがオチだ。それが嫌という訳ではないが、『それじゃ、もう帰るよ』と、提案を受ける前に先手を打って腰を上げた。

そのときだった。カヨ子が発した一言に隆弘の思考が一瞬、停止した。

『折角、お祖父さんもいるんだから、一緒に食べよ』

確かに、彼女はそう呟いたのだ。一体、何を言っているのだ？ と、咄嗟に顔を覗き込んだ。お祖父さんが見守っている、というたとえ話で言っているのかと思ったが、彼女の目付きを見てそうではないことを理解した。視点がまるで合っていない。頬の筋肉を失ったかのように口はぼんやりと半開きになり、先ほどまでとは別人のような顔をしていたのだ。

極めつけは手土産を開けてからだった。カヨ子は、中身の饅頭を三ヶ所に分けて置き始めた。そして誰もいない空間に向かって、『どうぞ』と笑みを浮かべたのだ。先ほどまで意識はしっかりしていたはず。だが、今のカヨ子は明らかにおかしい。

不意に怖くなった隆弘は、『ごめん、また来る』と言葉を残して、逃げるように家を飛びだした。

タケノネ不動産に戻り、すぐにこのことを報告した。すると香奈は、企みを含んだ笑みを浮かべて携帯電話を取り出すと、誰かに電話をかけた。

「もしもし、あなた？ うん。例の件だけど間違いないわ。だからね、うん……うん……」

後半の会話は聞き取れなかったが、相手は再婚した夫であることは間違いない。途中、何度も数字の話が出ていた。ひょっとしたら、香奈にとって何か良いことがあるのかもしれない。それは、通話を切った後の表情でも何となく想像がついた。

だが、解せないのがその理由だ。カヨ子の容態と香奈の笑顔……この二つがどう結びつくのか、このときはまだ知らなかった。

こうしたやり取りがあってから、香奈は再び変わり始めた。いや、元に戻っていったというのが適切かもしれない。髪を整え、化粧も以前のようにバッチリするようになった。香水なども以前よりもキツイくらいだ。

相変わらずタケノネ不動産の数字に変化はない。だが、盛り返すための何かしらの根拠があるのだろう。厚めの化粧がそれを表している。一体、どういう心境なのだろうか。不思議に思いながらも黙ってその変化を見守っていると、ある日の閉店後に隆弘は香奈に呼び出された。

神妙な顔つきをする彼女の前に座ると、「隆弘にお願いがあるの」と、切り出された。香奈から何かをお願いされるのは初めてのことだった。勿論、買い物などのちょっとしたお願いは別として、こうして改まった話はしたことがない。

「貴方にしか出来ないことなのよ」

似たようなフレーズを繰り返し、一向に内容を話そうとしない彼女は、期待と不安が入り交じるギャンブラーのような目付きをしていた。

必要以上の前置きに、正直、嫌な予感がしていたが、「実は……」と本題に入られやっぱりそうかと頭を抱えた。カヨ子の容態を気にする理由はそれくらいしか想像出来ない。だが、さすがにそれは違うだろう。と、必死に自分に言い聞かせていたのだ。

香奈の話はとても恐ろしいものだった。それは、カヨ子が持っている土地の権利を譲ってもらうということだった。旧家ということもあり、安田家はあの家だけではなく、周囲に多くの土地や物件を所有しているらしい。それら全てを手に入れようと香奈は考えていたのだ。

勿論、権利を手に入れた暁にはその土地や物件を高く売りつけるつもりだ。そうすることで、タケノネ不動産の数字を取り戻そうと考えていた。勿論、いきなり他人に権利を譲るというのは不自然すぎる。そこで、隆弘に白羽の矢が立てられた。

まずは、カヨ子に生前贈与の話を持ち掛ける。多少の税金はかかるが法的にはそれが一番都合がいい。手続きさえ済ませてしまえば、あとはどうにでもなる。処理の仕方は心得ていた。

「チャンスは今しかないの」と、香奈は口を尖らせた。カヨ子は噂通りに認知症の恐れがある。今はまだ波があり、他の身内もその容態を把握していない。だからこそ、今がこの計画を実行する絶好のタイミングなのだ。

他の者が気付かない内に手続きが済んでしまいさえすれば、カヨ子の意志で決めたこととされ、あとは誰も文句は言えなくなる。逆に、これ以上カヨ子の容態が悪化すれば、今度は他の家族の間で面倒を見ることになり、当然、後々のことも話し合うようになるだろう。そうなれば手遅れ。全ての計画は白紙になる。つまり、やるなら今しかないのだ。

とはいえ、当然ながら安易な賛同をすることは出来なかった。この行為は下手すれば犯罪。少なくとも、カヨ子と兄姉を裏切ることになる。既に、その間柄に亀裂が走っているかもしれないが、これをやれば完全に縁を切ることになるだろう。

だが、やらなければ今度は母親を裏切ることになる。タケノネ不動産は倒産。当然、自分も職を失い母親は離婚……どちらをとっても、何かしらを失うはめになる。

「お願い。母さんを助けて」

揺れ動く気持ちに悪魔の声が囁《ささや》いた。気が付けば、「わかった」と、返事をしていた。

察するに、カヨ子の容態は認知症の初期段階と思われた。一日の内に、数回の波があるのだろう。きちんとした意識がある状態から、認知出来ない状態に突然切り替わる。そのタイミングを見計らい、話をつけてサインをもらうというのが香奈から出された計画だった。上手くいくかどうかはわからない。だが、もう後戻りも出来なかった。

全ての書類を用意し、計画を実行しようと隆弘は安田家に出向いた。

時刻は昼の一時頃。前回、カヨ子の様子がおかしくなった時間帯だ。上手くいけば、既に彼女の精神状態は狂い始めているかもしれない。隆弘は意を決してチャイムを鳴らした。

だが、何度鳴らしてもカヨ子は出て来ない。出かけているのかと思い、玄関の扉に手をかけると鍵は閉まっていなかった。

何だいるんじゃないか。カヨ子は、居留守を使うような人ではない。ひょっとしたら、狙い通りのタイミングなのではないだろうか。そう思った隆弘は、高鳴る胸の鼓動を抑えながら敷居を跨いだ。

中に入って居間を覗いた。だが、そこにカヨ子の姿はない。だとすればきっとあの部屋だ。仏壇部屋に向かって歩いていくと、少しだけ襖が開いていた。

「祖母ちゃんいる？ 入るよ」声をかけて襖を開いた。

すると、部屋の中で横たわるカヨ子の姿が目に入った。一瞬、寝ているのかと思ったのだが、すぐに異変に気が付いた。頭部から流れる赤い液体が目に入ったのだ。

「ば、祖母ちゃん？」

急いで倒れこむカヨ子に近付きしゃがみ込んだ。既に息はなく、脈もないことを確認すると一気に血の気が引いていった。

どうしてこんなことに――。青ざめながらも周囲を眺めると、柱に付いた血痕が見えた。恐らく、そこに頭を打ち付けたのだろう。

座布団にでも足をとられたのだろうか。そう思い、咄嗟に反対側の仏壇を眺めると目に入った光景にハッとなった。

座布団は綺麗に敷かれていた。目についたのはそこではない。仏壇の一番下。黒い板が横にズレており中にある金庫の扉が見えていたのだ。

隆弘は思わず唾を飲み込んだ。そして、自分がここへ何しに来たのかを思い出した。恐らく、あの金庫の中に権利証もあるはずだ。すぐさま、携帯電話を取り出した。コールした相手は香奈だった。

当然、救急へ連絡することも頭にあったが、その前にこの状況を報告しなければならないという意識の方が強かった。連絡を待っていたのか香奈はすぐに出た。

『どうだった?』と、開口一番に聞いてきた声は、期待を膨らませていたのかやけに明るい。

だが、明るく話せる状況ではない。大変なことが起きていることを話すと、途端に香奈の声が低くなった。カヨ子が死んでいることよりも、計画がダメになったことの方が、彼女にとってはショックなのだろう。驚きこそしていたが、聞かれた内容は権利証はどうなったか?　だけだった。

隆弘は、目の前に見える金庫のことを香奈に話した。当然、言われた言葉は、『金庫を開けて、どうにか権利証を持ちだしてきて』だった。前々から権利を譲られていた……周りにはそう言い切り、強行突破をするつもりなのだ。

カヨ子には悪いが今は警察に連絡は出来ない。この場に隆弘がいたことを他人に知られることなく権利証を手に入れることが最優先。通報するのはそのあとだ……と、香奈から念をおされた。

後ろめたさは充分にあった。それでも、隆弘は香奈の言うことを聞き入れた。もう、やるしかない。覚悟を決め、香奈との通話を切ると仏壇に近付きしゃがみ込んだ。固唾を呑んで金庫の扉に手を掛ける。だが、金庫の扉は鍵が掛かっていた。四桁の暗証番号を打たなければ、その扉が開くことはない。

クソッと舌打ち、どうすべきかと立ち上がったときだった。ふと、嗅いだことのないミントの香りが鼻についた。

何の匂いだろうか？　と、首を傾げた次の瞬間、足がもつれて仏壇に置かれていた茶碗と汁椀に手を掛けてしまう。『あっ』と、声を出したときには既に中身は座布団の上に散乱していた。慌てて元に戻したのだが、汁椀の中身だけはどうすることも出来ない。座布団には既にシミが広がっていた。

このことが隆弘の動揺を強めた。後ろめたさに加えて金庫は開かない。おまけに、弄った痕跡まで付けてしまったことで、軽いパニックを引き起こした。

自分は一体何をしているのだろうか。まるで犯罪者の気分だった。倒れているカヨ子まで、まるで自分がやったかのような錯覚に陥ってくる。勿論、何もしていない。更に、ここは実家なのだから不法侵入でもない。それでも、切羽詰まったこの状況が隆弘のことを追い詰めた。

計画は全て失敗。一刻も早く自分がいた痕跡を隠し、この場を立ち去らなければ……そう思った隆弘は、さわった茶碗と汁椀をハンカチで拭い指紋を消し去った。念のため、他の身内に見つからないように仏壇の板も元に戻した。そして、濡れた座布団を抱えると逃げるように急いで部屋を飛びだした。

『どうして、何もせずに戻ってきたのよ。私が欲しかったのは、こんなボロい座布団なんかじゃないわっ』

タケノネ不動産に戻ると、香奈は怒りを露《あら》わにした。

『カヨ子さんが誰かに発見されたら、金庫を調べるチャンスが無くなるじゃないの』と、眉間にシワを寄せ腕を組んでいる。

確かに今思えば、どうして何もせずに戻ってきたのか、自分でも不思議だった。鍵が掛かっていたとはいえ、暗証番号は四桁。考えられる数字を試してみても遅くはない。気がおかしくなっていた……そうとしか言いようがなかった。

『ごめん』と、頭を下げると香奈は首を左右に振った。

『もう一度向かうわよ。今度は私も行くわ』

腕を掴まれながら店を飛び出すと、再び車を走らせた。タケノネ不動産と安田家の道のりは片道一時間強。まだ、誰にも見つかっていないことだけを祈りながら香奈はアクセルを踏み込んだ。

安田家が見えてきたのは午後四時頃。不審に思われないように、少し離れた場所に駐車をしようと家の前に差し掛かったときだった。

すぐ目の前に停められた白いワゴンが目に付いた。横には【優とぴあ】の文字。この近くにある施設の車だ。まさか……と、息を呑みながら安田家の前をゆっくり通ると、案の定、玄関が開いているのが見えた。運悪くホームヘルパーが巡回に来てしまったようだ。

『最悪っ』

言葉を吐き捨てながら、香奈は停車することなくそのまま車を進ませた。もはや、中に入ることは不可能。この計画は諦めるしかない。そう思っていたのだが彼女は諦めていなかった。

たとえ遺体が発見されたとしても、まだ金庫の存在は知られていない。だったらまだチャンスはあるはず。他の者にバレない内に金庫を開けることが出来れば何とか理由は付けられる。

とりあえず今は知らないふりを続けなければならない。倒れていたカヨ子を無視し、私欲のために動いていることがバレたら、それこそ自分たちが罪に問われる。

その後すぐに香奈は行動に移した。隆弘が安田家に向かったことを隠すためにアリバイ工作を行ったのだ。無駄な口止め料を払うことになったが見返りを考えれば安いもの。あとはチャンスを待つのみだった。

だが、安田家には美香がいた。更には、カヨ子の死を聞きつけた来客も少なくない。中々、ゆっくりと一人で仏壇を調べるチャンスは巡って来なかった。

そして先ほど。照玄から日記を探して欲しいと頼まれたとき、これを利用しない手はない……そう思った隆弘は、自ら仏壇部屋を調べることをかってでた。

和也と美香が他の部屋を調べている内に金庫が開けば、コッソリと中身を取り出すことが出来る。部屋の外に人が来てもわかるように、聞き耳を立てながら隠し扉を開いて金庫を眺めた。この金庫は市販の物のようだ。同じものをホームセンターで見たことがある。これならば、何度間違えてもセキュリティロックは掛からない。誕生日や電話番号など、カヨ子が設定しそうな番号を手当たり次第に打ってみた。


「しかし、結局、金庫を開けることは出来なかった。そういうことだね？」

照玄が、閉ざされたままの金庫を指差すと隆弘は黙って頷いた。全てを打ち明けた隆弘の身体は脱け殻のように覇気がなかった。今頃になって、自分のした過ちが心に重くのし掛かっているのだろう。

「お前っ、何てことを……」

額に血管を浮かべながら、和也は隆弘の胸ぐらを掴むと拳で顔を殴りつけた。隆弘の上半身は後ろへ倒れ、ちょうど仏壇の前に頭を下げる形となった。

「お前がもっと早く通報してたら、祖母ちゃんは助かったかもしれないんだぞ」

「お兄ちゃんやめてっ」

追い討ちをかけるように拳を振り上げると、美香が間に入ってそれを止めた。

「美香は許せるのか？　こいつは、父さんを捨てたあの女のために祖母ちゃんを見殺しにしたんだぞっ」

「確かに隆弘のしたことは間違ってる。でも、お祖母ちゃんが死んだのは隆弘のせいじゃないよ。だってそうでしょ。隆弘がここに来たときには既に倒れていたって言うんだから」

「そうかもしんないけど」と、和也は頭をかきむしった。

「だけど、俺たちは危うくこの家を失うところだったんだぞ。そうなっても同じことが言えるか？」

無理だろ？　と、和也は鼻息を荒くすると、さすがの美香も黙りこんだ。再び鋭い視線が隆弘へと向けられる。

「お前は忘れたのか？　母さんが自分勝手に離婚を決めて家を出ていったことで、その後、父さんがどうなったか。自分が良ければそれでいい。あの女は、俺たちまで同じような目に遭わせようとしてたんだぞ。許せる訳がないだろ」

ワナワナと身体を小刻みに揺らしながら、和也は踞《うずくま》る隆弘の肩に手を掛けた。

「どうしてお前は、そんな女に協力なんかしてんだっ」畳み掛けるように言葉を吐くと、隆弘は俯いていた顔を持ち上げた。

「どうしてって。母親なんだから助けてやりたいって思うのが普通だろ。そういう兄貴だって、母さんがどうとか言って、結局は遺産が入らないことを心配しただけじゃないのか？」

「なにっ？」と、和也は顔を歪めた。

「散々この家を離れていながら何だよ今さら。そんなんで、この家に戻って来て急に跡取り面してんじゃねぇよ。さっきだって、遺書が出てきたら困るって顔してたもんな。万が一、相続人が自分じゃなかったらどうしよう……そんな風に心配してたんじゃねぇのか？」

和也は、堪えるようにグッと唇を噛みしめた。

「兄貴がこの家を出て行こうとしたとき、祖母ちゃんから一度でも引き止められたか？ないよな？」

反論しない和也に、隆弘はフンッと鼻を鳴らすと肩に掛けられていた手を払いのけた。

「美香姉だってそうだろ。引き止められなかったろ?」と、目線を向けると、美香も黙って俯いた。

「祖母ちゃんは、最初から俺たちに財産を譲る気なんかなかったんだよ。きっと、どっかの施設にでも譲るつもりだったんじゃないか? だったら、そうなる前に手に入れたいって思っても悪くないだろ」

「だからって、俺たちに内緒で勝手な行動して良い訳ないだろっ」

「じゃあ正直に母さんを助けたいって話したら、譲ってくれたっていうのか?」

「それは……」と、和也は顔をそらした。

「ほら見ろっ、やっぱりそうなるんじゃねぇか。結局、兄貴だって遺産を独り占めしたいだけなんだよ」

「違うっ、お前と一緒にするな」

「何が違うんだよ。言ってみろ」

「お前っ」

完全に頭に血がのぼった和也は再び隆弘の胸ぐらを掴んだ。拳を固めて振り上げる。

「やめんかっ」

見かねた照玄が喝を入れると、和也はその手を止めた。

「そんなことして、亡くなったカヨ子さんが悲しむぞ……など、そんな野暮《やぼ》なことは言わん」

　だがね……と、照玄は二人の間に立った。

「カヨ子さんの思いを理解せず、自分たちの勝手な想像で喧嘩するのは見ていて心が痛むのだよ」

　そう言って、振り上げた和也の手を下げさせた。

「カヨ子さんは本当に家族思いの方だった。お主らが家を出ることに反対しなかったのは、お主らを思ってのこと。本人の意志で決めた将来を、安田家という楔《くさび》で繋ぎ止めるのはお主らのためにならない。きっとそう考えてのことだろう。本当は、また昔のように家族仲良く暮らしたい……そう思っていたはずだ。それが、独り寂しく暮らす老人の本音だよ」

「でも、だったら一言、将来的には戻って来て欲しいって言ってくれてもいいはずだろ。俺は、そうは思えねぇ」

　首を振る隆弘に、照玄はため息を吐いた。

「では、確かめてみるかね」

「確かめるって、どうやって」

「その金庫を開けてみればわかるさ。きっと中には彼女の遺志が残されているはずだ」

　そう言って仏壇を指差す照玄に、「だから、開かないんだって」と、隆弘は肩をすくめた。

「暗証番号なんて誰も聞いてないはずだぜ。なんたって、存在すら教えられてなかったんだから」

和也と美香に目線を向けると二人とも黙って頷いた。隆弘の言う通り誰も知らないようだ。

「一〇一八、または〇七二九……このどちらかの番号ではないかな」

よどみなく発された照玄の言葉に「えっ?」と、隆弘は目を剥いた。

「試してみるといい」

まさか……と、固まる和也と隆弘を横目に、美香がゆっくりと金庫に近付いた。言われた番号を押していく。すると、〝ピー〟と、電子音が鳴り緑のランプが点灯した。

「あ、開いたわ」

「嘘だろっ」と、隆弘は身を寄せると照玄に顔を向けた。

「どうして和尚さんが知ってるんだ?」気味悪そうに首を捻る隆弘に、「なぁに」と照玄は口角を持ち上げた。

「私は、彼女が常に記憶していそうな番号を言ってみただけだ。きっと、ご家族に関する数字だと思ったよ。誕生日でもないとすれば、考えられるのはこれしかない。まぁ、仏教に興味を示さないお主には、わからないかもしれんがね」

「命日……」と、ボソリと美香が呟いた。「これ、お父さんの命日だわ」

「その通り」と、照玄は満足気に頷いた。

「私が言った二つの数字は、お主らのお父さんとお祖父さんの命日だ。全く、カヨ子さんらしい暗証番号だね」

さぁ、開けてみるといい……と、照玄は三人を仏壇の前に座らせた。

代表するように和也が金庫のレバーに手を掛ける。ガチャリと音が鳴り、その扉が開かれると三人は目を剥いた。中には、書類や印鑑などが入っていたのだが、それよりも目に飛び込んでくるものがある。大量の一万円札の束が重ねられていたのだ。

恐らく全部で三千万はあるだろう。それらの束が綺麗に三列に分けられていた。積み上げられた束の上には、封がされた小さな手紙が一つずつ置かれている。それぞれ、和也、美香、隆弘の名前が書いてあった。それは、紛れもなくカヨ子が残した終活の跡であり、孫三人に向けて残した遺産でもあった。

「祖母ちゃん」と、和也は小さく呟きその手紙を手に取った。

「お主らに向けた最後の手紙だ。しっかりと読みなさい。喧嘩をするのは、そのあとでも遅くはない」

照玄の言葉に三人は顔を見合わせると、それぞれが手紙の封をちぎり中身を取り出し読み始めた。

何と書いてあるのかは本人たちにしかわからない。それでも、カヨ子の思いは伝わったのだろう。俯きながら、真剣に読む三人の肩は震えている。その目にはうっすらと涙が浮かび、やがて声を殺して泣きだした。

その様子を優しく見守っていた照玄は、一歩下がって五十嵐に身を寄せた。

「見届け人ご苦労だったな。あの様子ならば大丈夫そうだ。私たちは、この辺で退室するとしよう」

そう言って、襖に向かって歩き出す照玄に五十嵐は首を傾げた。何が大丈夫だというのだろうか。確かにあの三人の考え方は変わり、カヨ子の思いは伝わったのかもしれない。だが結局、何も解決はしていなかった。隆弘の話が本当だとしたら、彼は直接カヨ子に手をかけていない。つまり、死の真相は闇のままなのだ。これでは本当に、ただの見届け人に終わってしまう。

「お、おいっ」と、部屋を出ようとする照玄を呼び止めたが、彼は聞く耳を持たなかった。

「まだ通夜まで時間がある。あとは、三人でゆっくり話し合うといい」

三人に向かって言葉を残し、部屋を出ていく照玄の背中を五十嵐は慌てて追いかけた。

「おいっ、いいのかよ」玄関で、下駄に足を通す照玄に声をかけた。

「あれで、ちょっとはものの見方が変わったはずだ。心のこもった葬儀が出来そうで何よりではないか」

「そうじゃなくて」と、五十嵐も靴を履き始めた。

「あれじゃ、何も解決してないだろうが。安田カヨ子がどうして死んだのか……それを判明させるために俺を呼んだんじゃないのか？　まさかとは思うが、あの三人の家族愛を取り戻すために、本当に見届け人をさせられた訳じゃないだろうな？」

踵が磨り減った革靴を履きながら顔を覗き込むと、表情を崩すことなく照玄は置いてあった大きな傘を手に取った。

「とりあえず、天厳寺に戻るぞ」

「はぁ？　何しに？」

「お主に見せたいものがある。まぁ、ついてくればわかるさ」

そう言って、照玄は戸を開いた。またついてくればわかる……か。お前の考えはついて行ってもわかんねぇんだよ。そう思いながら、近くの交番から人を寄こす様に連絡を入れると、ため息を吐いて傘を開いた。

3

天厳寺、方丈の間。

勿論、入ったのは初めてだ。予想よりもだいぶ質素な部屋だった。壁に掛けられた袈裟の数々。そして、塔婆を書くための筆と墨が背の低い木のテーブルに置かれている。棚には、これまで亡くなった方の戒名が記された過去帳がずらりと並んでいた。その数を見ただけでも、多くの檀家さんがこの天巌寺にお世話になっていることがわかる。

五十嵐は「へぇ」と、感嘆の声をもらしながらその場に腰をおろした。照玄はまだ現れない。ここで待つように言われ、そのまま何処かに行ったきり帰って来なかった。一体何を見せるつもりなのだろうか。やることもなく、周囲を見渡しながら待っていると廊下側から足音が聞こえてきた。

やっと来たか……と、あぐらをかきなおすと照玄が顔を出した。手にはビニール袋を持っている。

「待たせたな」と、照玄は向かいに座るとそのビニール袋をテーブルの上におろした。

「なんだそれ？　何を持って来たんだ？」

「まぁ、そう焦るな。物事には順序というものがある。まずは、昨日の話を聞いて欲しい。これの説明はそのあとだ」

「昨日？」と、五十嵐は首を捻った。

「昨日もお前と話したじゃねぇか。何かあったんなら、どうしてそのときに言わないんだよ」

「言わなかったのではない。確証がなかったから言えなかったのだよ。私は、憶測で物事を話せるほど無神経さを持ってはいない」

憶測であれこれと行動して悪かったな……そう言いたかったが、五十嵐は黙っておいた。そんな照玄が話す気になったということは、何かの確証を得たということだろう。「それで?」と、片眉を持ち上げた。

「実は昨日、カヨ子さんの供養のために買い出しに行ってきたのだ。葬儀の際に、彼女が好んでいたものを用意したくてね。だが、残念ながら何処を探しても見つからなかったのだよ」

「何を用意するつもりだったんだ?」

「お食事だ」

「食事? そんなもん売ってなくても材料さえ探せばいくらでも用意出来るだろ」

「いや、それがそうもいかなくてな」と、照玄は首を左右に振った。

「彼女が好んでいたものは、私が知る限り見たことのないものだったのだよ」

「はぁ? 見たことのないものって、そんなものあるかよ」

どんな珍しい食材だったのだ? と、首を傾げた。

「最初見たときは私も驚いたよ。こんなものをカヨ子さんは、いつもどこで買っていたのだろうかとね」そう言って、照玄はテーブルに置かれていたビニール袋を手に取った。

「これがそうなんだが、見てみるかね？」

そう言われて、差し出されたビニール袋を覗き込むと五十嵐は目を丸くした。そこにあったのは食材などではなかった。真っ黒い砂が入っていたのだ。

「何だよこれ、こんなもんどうやって調理すんだよ」真顔で尋ねると、「何を言っておるのだ」と、照玄は白い歯を見せた。

どうやら自分が考えていた食事と、照玄の言う食事とは違う意味らしい。照玄の言っている食事というのは、一般的にさす食べ物のことではない。

「仏様が召し上がるお食事……つまり、香の煙だ」

葬儀の際に参列者が渡すお金を香典という。あれは、言わば仏様に向けたお食事代を意味している。香の煙が空に舞い、いつの間にか消え去るのは仏様が煙を召し上がってくれたということ。そう心で思いながら香をたくのが仏教ならではの考え方なのだという。

「それは、安田家の墓にあった線香受けの砂だ。中に、燃えきらずに残った線香の欠片があるのが見えるだろう？」

そう言われて、五十嵐は改めてビニール袋の中身をよく見てみると、確かに緑色をした棒状のものが混ざっていた。

「それと同じお線香を用意しようと仏具屋に向かったのだが、何処にも置いていなかったのだ」

そういうことか……と、五十嵐は頷いた。

「だけど、それがどうかしたのか？　同じ線香がなくたって、別に支障はないんだろ？」

「勿論、葬儀に支障がある訳ではない。同じ線香をたいてあげたいというのは私の単なる心遣いだ」

「だったら、いいじゃねぇか」と、五十嵐は腕を組んだ。そんなこだわりを話されたところで自分には関係ない。

「まぁ、普通ならば断念するところだ。だがね、私も見たことがないその線香がどうしても気になってな。どこで作られているのか知りたくなった。そこで、知り合いの専門家に調べてもらったのだ」

その結果がこれだ。と、照玄はテーブルの引き出しを開けて中からファイルを取り出した。

受け取ったファイルの背表紙を見た五十嵐は目を剥いた。【法科学鑑定研究所】と、書かれていたのだ。

確かに、成分鑑定を行うエキスパートではあるが、たかが線香のために頼むようなところではない。

「結論、この線香は市販のものではない。誰かの手作りであることがわかった」

「へぇ、手作りの線香ねぇ」と、五十嵐はファイルを捲りあげた。細かな成分の名前がズラリと並んだデータを見ると、まるで科学捜査研究所からの結果を見ているようだった。

もっとも、線香の成分を見るのは初めてだ。何気なく、目を通していたときだった。成分リストの一番下に書かれた文字が目に留まり、五十嵐は思わず顔を近付けた。そこには、【テトラヒドロカンナビノール】と、書かれていたのだ。

「おいっ、これ」指をさすと、照玄は「気付いたかね？」と頷いた。

「お線香には本来含まれない成分だ。いや、正確には……含まれてはいけない成分だな」

「どうしてこんなものが入ってるんだ？」五十嵐は、ボソリと呟き目を細めた。

テトラヒドロカンナビノールとは大麻に含まれる成分。最近、この名前をよく耳にするので覚えていた。これを真似て作られる成分に、合成カンナビノイドと呼ばれるものがあるのだが、それを使った犯罪がここ最近増えてきているのだ。

合成カンナビノイドを混ぜて作られる薬物……つまりは危険ドラッグ。使用した者が、幻覚作用により事故や犯罪を起こしたケースは少なくない。

「こんなものが含まれたお線香を狭い部屋の中で使用していたとすれば、カヨ子さんの意識がおかしくなっても不思議ではない」

「つまり、安田カヨ子はこの線香のせいで、幻覚や意識障害を起こしていたってことか」

「そういうことだろうな」

つまり、安田カヨ子は認知症にかかっていた訳ではない。全ては、この線香によるものということだ。

五十嵐は、ビニール袋に手を突っ込み線香の欠片を取り出した。鼻に近付け匂いを嗅ぐと、ほのかにミントの香りがした。

恐らく、風見や隆弘が嗅いだ香りはこの線香の残り香だ。確かに、普通の線香とは思えない香りだった。

「ならば、安田カヨ子は結局、自分から柱に頭を打ちつけたということなのか」

「恐らく、何かの幻覚を見たのだろう。その幻覚から逃れようと出口もわからないまま咄嗟に走りだし、柱に頭を打ちつけた。これが死の真相だろうな」

かわいそうに……と、照玄は天井を見上げた。

「安田カヨ子は、知っててこの線香を使っていた訳じゃないだろ?」

「そりゃそうだ。彼女が作ったとは考えられん。恐らくはもらい物だ」

だったらこれは事故ではない。誰かがカヨ子に贈ったというのであれば、それは完全に意図的なものになる。カヨ子が毎日必ず線香をあげることを知っていた人物の計画的犯行、つまりは殺人だ。

そうなるとアリバイなど関係ない。安田カヨ子の近くにいなくとも、彼女が線香を使用し続ける限り、確実に身体を蝕ませることが可能になる。犯人は、安田カヨ子がおかしくなるのをただ待っていればいいだけなのだ。

照玄の言葉がふと頭を過る。今回の事件は諸行無常。犯人にとってもカヨ子の死は予測していなかったこと……そう言っていたのはこのことだったのだ。

「一体、誰がこんなものを」

「この線香を作るには材料となる大麻が必要だ。その工程を考えれば犯人は自ずと絞られてくる」照玄は人差し指を立てた。

「大麻を栽培するには、まず何が必要だね？」

「種……か？」

五十嵐の言葉に照玄はゆっくり頷く。

「左様。では、その種をどう手に入れるかなのだが、今のご時世は色んな方法があるな。インターネットで極秘に手に入れることも可能かもしれない。だが、それだと大量に手に入れることも出来ない上に足がつく可能性が高い。今回のケースは恐らく違うルートで手に入れたはずだ」

「違うルート？　そんなものがあるのか？」

立場的にも、聞き捨てならない台詞に五十嵐は眉をひそめた。

「海外輸入品の一つに、麻の種が入っているものがある。税関にも引っ掛からない輸入品がね」

「何だよそれ」

「エサだよ。鳥のエサだ」

勿論、エサに含まれているのはごく微量なものになる。まともに培養しようとすれば、鳥のエサを大量に購入しなければならないだろう。そうなると、大量の鳥のエサが保管されていても不自然ではない場所が必要になる。

それともう一つ。種を手に入れたところで今度はそれを育てる場所が必要だ。しかも、他人に入られないような場所でなくてはならない。

「大量の鳥のエサと、人の制限が出来る土地を用意出来た人物。それが、カヨ子さんに線香を渡した犯人だ」

「まさかっ」

「あぁ」と、照玄は頷いた。

「美香さんの婚約者、大場で間違いないだろう」

大場……と、五十嵐は腕を組んだ。

先ほどの美香の反応を見た限り彼女が共犯であることはない。恐らくは大場の単独犯。ならば、自然保護を理由に山の中に立ち入りが制限された場所があるはず。そこで大麻の栽培が行われている可能性が高い。

「だけど、どうして大場が？　まさか、結婚を反対されたからっていうんじゃないよな」

「さぁね」と、照玄は手のひらを上に向けた。

「それを調べるのはお主たちの仕事だろう？　とにかくあとは任せるよ。私は、通夜の準備をしないといけないからな」

「わかった。至急、大場を確保する」

こうしてはいられない。腰を上げたときだった。

廊下を走る足音が耳に入った。何事かと思い目を向けると、見知らぬお婆さんが息を切らして顔を出した。

「テルちゃん大変だよ」

「トヨさん、そんなに慌ててどうしたのだね？」

心配そうに照玄が尋ねると、トヨと呼ばれたお婆さんは呼吸を落ち着かせて顔を上げた。

「典弘さんが、どこにもいないんだよ」

「典弘が？」

「今朝から様子が変だったんだよ。しょっちゅう空を眺めて、妙なことを呟いてたのさ」

「呟いてた？　何をだね」

「これなら採りに行けるかな？　とか何とか。それっきり姿が見えないからちょっと心配で」

トヨの言葉に、照玄の顔色がサッと変わる。

「まさか、あやつ……」

「どうかしたのか?」と、五十嵐が割って入ると照玄は振り返った。

「五十嵐っ、予定変更だ。やはり私も同行する。急いで車を出してくれ」

その顔は、彼が見せたことのない焦りの色に満ちていた。

4

「無理を言ってすみません」

典弘は山道を登りながら何度も頭を下げた。雨足はだいぶ弱かったため、これならばタチアザミを採取することが出来ると判断し、再び山を訪れた。

本当は無断で入山するつもりだったのだが、まるでセンサーでも張ってあるかのように途中で大場に呼び止められた。だが、今日だけは引き下がる訳にはいかなかった。どうしてもタチアザミを手に入れたかったのだ。

勿論、大場から注意を受けた。それでもきちんと理由を説明し無理を言って頼み込むと、そこまで言うのならば……と、大場が案内をしてくれることになった。

プロが案内してくれるのならばこれほど心強いものはない。

「カヨ子さんの供養のためだって言ってたね？」

「はい。今日の夕方に通夜があるじゃないですか。そのときに、どうしても供えてあげたいんです」

「そっか」と、大場は目尻を下げた。

「だったら、カヨ子さんがいつもタチアザミを採取してたスポットがあるんだけど、折角だからそこに行ってみるかい？」

「本当ですか？　是非お願いします」

何て親切な人なんだ……と、目頭が熱くなった。これならきっとカヨ子さんも喜んでくれるはず。そう思いながら大場の背中についていった。

どうやらその場所は奥まったところにあるようだ。草木も生い茂り、道は段々と険しくなってくる。ぬかるんだ足元に注意しながら慎重に進んでいくと、やがて黄色いテープが張られた木々が見えてきた。

よく見ると、テープには【立ち入り禁止】と書かれている。

「着いたよ。あの先だ」と、大場はそのテープを指差した。

「えっ、でもいいんですか？　入っても？」

「あの先は、稀少な植物も生息しているため、本来ならば入っちゃダメなんだけど、今回は特別だよ」

「へぇ、稀少な植物ですか」

「そう。とっても稀少な……ね」

目を細めた大場は典弘の肩を叩くと、「さぁ、行こう」とテープをくぐり抜けた。慌ててその後を追うと、テープの先に見えた景色に思わず「わぁ」と声をもらした。

先ほどまでの急な斜面とは変わり、平らな湿原が広がっていた。そこに大量のタチアザミが咲いていたのだ。

一面、タチアザミで覆われた景色は、まるで自然の中に敷かれた絨毯のようだ。これで雨さえ降っていなければ最高の眺めだったことだろう。

「凄いっ、こんな場所があったんですね。確かに、カヨ子さんがわざわざここへ来たがる理由もわかる気がします」

「だろっ？　なんたって秘密の場所だからね。さぁ、好きなだけ採るといいよ」

「はい」と、頷き背負ってきたナップサックからハサミを取り出した。

なるべく自然を破壊しないように周囲の植物を気にしながら赤紫の絨毯に近づいていくと、すぐ手前のタチアザミに手を伸ばした。

茎の部分にハサミを入れて採取したタチアザミを掲げてみる。ようやく手に入れたその花は、雨水に濡れて一段と輝いて見えた。これで照玄和尚も満足してくれるはず。この調子で沢山摘んで帰ろう。そう思い、綺麗に咲いたタチアザミがないか吟味していたときだった。

ふと、あるものが目に入り典弘は手を止めた。

タチアザミが咲いている場所のすぐ横の地面。そこに、不自然なラインが敷かれていたのだ。それは、明らかに人工的に造られた土の境界線だった。わかりやすく言えば、耕した畑のように綺麗に奥まで伸びている。

どうしてこんなものがあるのだろうかと、その境界線の先に生えている植物に目を凝らした。何という名前だったかは覚えてないが、そのギザギザした葉はどこかで見たことがある。

確かテレビでこんな感じの葉が……と、思い出そうと典弘が顔を上げたときだった。

突然、頭に鈍い痛みが走った。

次の瞬間、視界がグニャリと歪んでいく。一瞬、何が起こったのかわからなかったが、頭をおさえながら振り返った先に、太い木の棒を握る大場の姿があった。そこで初めて、典弘は自分が殴られたことに気が付いた。

「ど、どう……して……」

微かに漏らした声に、大場は不敵な笑みを浮かべると倒れこむ典弘を見下ろした。

「安田カヨ子といい、お前といい……どうして勝手な行動ばかりするんだ？」

ワナワナと顔を小刻みに揺らし、大場は地面に唾を吐いた。

安田カヨ子はまだ良かった。アイツは、三年前の美香の事故がきっかけで入山制限に素直に応じるようになった。

だが、それまで無断でこの場所に来ていたのは確かだった。この場所で大麻の栽培を始めたのは四年前。下手をすれば、安田カヨ子が気付いていてもおかしくない。どうにかしようと思っていた矢先に美香の事故が起きた。

幸運なことにその事故がきっかけで、何を勘違いしたのか美香から交際を申し込まれた。正直、チャンスだと思った。

ハッキリ言って好きでもなんでもないが、これを理由に安田カヨ子に近付くことも出来る。大場は、美香の気持ちに応えることにした。

それからしばらくして婚約の話を美香から出された。勿論、結婚する気などない。反応を見るために安田家を訪れて挨拶をしたのだが、カヨ子は歓迎の意を見せてこなかった。いや、どちらかというと反対していたのだろう。

原因はわかっていた。やはりカヨ子は山の秘密に気付いているのだ。だが、孫の気持ちを考えると無下に出来ない。そんな複雑な感情を抱いているのは間違いなかった。

そんなことも知らない美香はプレゼントをあげたらどうか？　と、提案してきた。仏具関係なら、カヨ子は喜ぶ上に性格上絶対に断らないとまで言われ、大場は妙案を思い付いた。栽培している大麻で作った線香をあげてみたらどうか……と。うまくいけばカヨ子の精神も崩壊し、この場所のことすら思い出せなくなるだろう。まさに一石二鳥の手段だ。そう考え、急いで仕上げてカヨ子に贈りつけた。

するとカヨ子は想像以上に喜んでいた。線香から香るミントの香りが、息子が好きだった香りらしく早速使用してくれた。その分、大場も追加を用意をした。

そしてあの日。カヨ子は、急に山にタチアザミを採りに行きたいと言いだした。その理由が実に興味深かった。お祖父さんに怒られた……と、言うのだ。

あの線香の影響で幻覚を見ている証拠だと思った。おまけに、誰もカヨ子がおかしくなったことに気が付いていない。いや、気が付いたとしてもきっと歳から来る認知症ではないかと勘違いするはずだ。

ならば……と、今度は更に濃度の濃い線香を帰り際に手渡した。今度はどんな風になるのか。ある意味楽しみで仕方がなかった。

しかし、ここで予想外のことが起きた。カヨ子が、柱に頭を打ちつけて死んだとの連絡が入ったのだ。どうやら濃度が濃すぎたようだ。

計画外のことではあったが、これで上手いこと不安材料が消えてくれた。後は事件性を排除し、カヨ子の精神異常についてシラをきればいい。スムーズに葬儀が終われば、この場所を知る者はいなくなる——。

「そう思った矢先にこれだよ。供養供養って……全く、どうしてお前たちはそんなに死んだ人間なんか気にするんだ?」

「どう……してっ……て……」

そんなの当たり前だ……と、言いたかったがもはや力はなかった。苦しむ典弘を見下ろしながら、大場はゆっくりと近づいてくる。

「そんなに死後の世界を大事にしてるんだったら、俺が連れてってやるよ」大場は持っていた棒を再び振り上げた。

もうだめかもしれない……。朦朧《もうろう》とする意識の中、半ば諦めかけたそのときだった。

ヒュッと、典弘の頭上で風を切るような音がした。次の瞬間、目の前に立っていた大場が「ぐあっ」と、声をあげてその場に蹲った。典弘のすぐ横で顔を押さえて悶えている。

見れば足下に銀の玉が転がっていた。黒猫のイラストが入った銀の玉だ。

〝典弘っ〟

遠くの方で名前を呼ばれた気がして典弘は目をしばしばさせた。声の方向に目を向けてみても視界が霞んでよく見えない。気のせいだろうか、照玄和尚の声が聞こえた気がする。

「典弘っ」

草木を踏みつける足音とともに、今度はハッキリと声が聞こえた。

それと同時に多くの足音がなだれ込むと、苦しむ大場を体格の良い男が取り押さえた。彼には見覚えがある。確か天巌寺に来ていた五十嵐という刑事だ。

「くそっ、放せっ」

大場は手足をばたつかせ抵抗するも、五十嵐の押さえ込みはびくともしない。

「滝沢っ、確保だ」

「はい」と、返事を受けて後ろの女性が手錠を取り出すと、大場の両手にそれを掛けた。

「大場雅彦、傷害の罪で現行犯逮捕します。尚、同時にあなたには安田カヨ子殺害の容疑がかけられています。署までご同行ください」

歯を食いしばるようにして大場はそのまま大人しくなった。気が付けば、他にも数名の警察官が取り囲むようにして立っている。大場の両脇を二名の警察官が抱え込み、強引に立たせると引っ張るように彼を連行していった。

典弘はその様子を目で追っていると、照玄が覗き込むように顔を向けてくる。

「大丈夫か?」と、険しい表情で息を荒くする照玄に、典弘の意識が一気に回復した。彼の額ににじんでいた大粒の汗が、典弘の頬に落ちたのだ。

「照玄和尚……どうしてここに？」

「それだ」と、彼は典弘のナップサックを指差した。

「お主が持っていった黒猫のストラップには、ＧＰＳ機能が付いているのだよ。おかげでお主のあとを追うことが出来た」

「ＧＰＳ機能？」と、ストラップを手に取った。どうやらこれも、ただの熊除けグッズではなかったようだ。

「また無駄な機能が付いているとでも思ったのだろう？　だがな、突き詰めればこの世に無駄など一つもない。現にこうしてお主を助けられた上に、警察は犯人逮捕まで出来た訳だからな」

犯人逮捕という言葉に、典弘は今になってようやく何が起きているのかを理解した。事の発端はこの場所にあり、全ては大場が起こした事件であったということを。

「……そうみたいですね。何だかよくわかりませんでしたけど、結果的には良かったです。僕も石頭で助かりました」

殴られた頭をさすりながら笑って見せると、照玄和尚はスウッと息を吸い込んだ。

「良い訳ないだろうがっ！」

辺り一面に響くような大きな声に典弘は目を丸くした。そこにいつもの冗談はなく、彼は怒りで肩を震わせている。

「危うく殺されるところだったのだぞ。なぜここに来る前に一言相談しなかったのだっ」

「……すみません」

眉を寄せる照玄和尚に、典弘は素直に頭を下げた。

「どうしても、和尚のお役に立ちたかったんです」

「……私の？」

「用意出来なかったタチアザミが用意出来ていたら、和尚もカヨ子さんも喜ぶと思ったんです。僕が出来る供養の手伝いといったら、それくらいしかないもんですから」

力の抜けた典弘の声に、「馬鹿者……」と照玄和尚は小さく呟き顔を背けた。その目が微かに濡れている。

「心配をお掛けしてすみませんでした。大事な大衣まで雨で汚してしまって」

「こんなものはどうでも良い。洗えば済むことだ」

彼は袖口で目元を拭うと、泥水で汚れた足下の裾《すそ》を指でつまみ上げた。白い足袋も真っ黒になっている。よく見ると着付けもだいぶヨレていた。こんなに服装が乱れた照玄和尚を見たことがない。そうまでして、自分を助けに来てくれたのかと思うと、胸の奥で熱いものが一気に込み上げた。

「さあ、帰るぞ」

照玄和尚は、そう言って典弘の肩に手を回し引っ張り上げた。その手は、足がもつれて倒れないようにしっかりと力がこもっている。これ以上、迷惑をかけたくなかったのだが、こんなことも滅多にない。素直に甘えて彼の肩に寄り掛かった。

視界の先には、山間を一望出来る素晴らしい景色が広がっている。その景色に向かって二人三脚のように一歩一歩進んでいった。

ふと、空を見上げると雲の隙間からうっすらと光が射している。その光の眩しさに典弘は思わず目を閉じ、そうか良かった……と頷いた。気が付けば頭上の冷気が消えている。

どうやら雨はあがったらしい。

エピローグ

山間に見える空が、青とオレンジのコントラストに包まれていた。まもなく黄昏時《たそがれどき》がやってくる。

天巌寺に戻った典弘は、宿舎一階にある縁側に腰かけながら落ちていく夕陽を一人でぼんやりと眺めていた。

あれから、照玄和尚と山をおりてすぐに病院で検査を受けた。幸いにも脳に異常はなく、どうやら軽い脳震盪《のうしんとう》ですんだらしい。今では意識もはっきりしており、自分では至って健康そのものに思える。

外傷としても、擦り傷と小さなコブが出来てしまったくらいだった。それでも、『大事をとってお主は今日一日安静にしていなさい』と、照玄に指示を受けた。だからこそ、こうしてお暇をもらっている。

いつもは味わうことの出来ない、空白の時間はとても長く感じられた。【休む】ということがない修行の日々に慣れたせいか、この時間は窮屈で仕方がない。何より、他の修行僧が各々の担当作業をこなしていく中、一人安静にしていることが辛かった。典弘の担当だった作業は、全て怜賢が引き受けてくれたらしい。照玄和尚に命じられたことではなく、自ら進んで代行を名乗り出たのだと聞いたときは涙が出そうになった。周囲の清掃に食事の準備。それらを行いながら、合間に学ばなければならないことが沢山ある。ただでさえ自分のことだけで大変なのに、二人分の作業を行うということが、どれほど大変かはよくわかっていた。

迷惑をかけているのは怜賢だけではない。集団生活の中で突然一人が抜けるということは、同じ修行僧全員に何かしらの負担がかかってくることにもなる。元気だからこそいたたまれない気持ちでいっぱいだった。

葬儀を直前に控えた安田家と、照玄和尚にも迷惑をかけてしまった。カヨ子の通夜もまもなく始まる。せめて少しだけでも手伝いたかったが、修行を終えていない半人前のうちに、一緒に葬儀に参加することは出来ない。今の自分に出来ることは、滞りなく葬儀が終わることをこの場で祈ることしかなかった。

結局のところ、自分は何の役にも立っていない。考えれば考えるほど、まぶたに涙が溜まっていく。夕陽とともに気持ちが沈みかけたときだった。

足元に、黒い何かが横切った。目を向けると、縁の下で細長いものがウネウネと動いている。

「ひゃっ」

一瞬、蛇がいるのかと思い咄嗟に足を上げると、そこからひょっこりとダイコクが顔を出した。

「なんだ、お前かぁ」

典弘は胸をおさえて上げた足を元に戻すと、ダイコクはいつものように目を細めて尻尾を左右に振る。

馬鹿にしに来たのかと思い、「何さっ」と典弘が口を尖らせて睨み付けると、ダイコクはヒョイッと縁側にその身を乗りあげた。そのまま典弘の膝の上に乗り、頭をお腹に擦り付けてくる。

「えっ」と、典弘は目を丸くした。ダイコクが自分から身を寄せてきたことなど、今まで一度もない。

「ひょっとして……慰めてくれているの？」

眉尻を下げてダイコクの顔を覗き込むと、ダイコクは「マー」と短く鳴いた。膝の上にある典弘の手の甲をざらついた舌でペロペロと舐めてくる。そして、顎を持ち上げて再び「マー」と声をあげた。まるで、『元気出せよ』と言われたかのようだ。

「ダイコク……」

まさか、猫に励まされるとは思ってもみなかった。感謝の気持ちを込めて頭を撫でようとしたのだが、ダイコクはそれを避けるように膝から地面へと飛び降りる。そのまま前方へテクテクと歩いていってしまった。

そんなぁ……と、ダイコクの尻尾を追いかけるように目線を上げた。すると、ダイコクが向かった先に無数の足が見える。ハッとなり、顔を上げた典弘は目を剥いた。

そこに、同じ宿舎に住む修行僧たちが横並びに立っていたのだ。

「皆……どうして……」

狐につままれたように呆然としていると、「おい典弘っ」と、怜賢が竹ぼうきを片手に声をあげた。

「今のうちにしっかり休んで早く治せよ」

「……すみません」と、典弘は目の前に立つ皆に向かって頭を下げた。

「本当、ご迷惑をおかけしてしまって」

「迷惑？　何言ってんだお前？」と、怜賢はせせら笑った。「迷惑ってのはな、他人に対して言う言葉なんだ。俺たちは他人か？　そうじゃねえだろ。俺たちは、同じ屋根の下に住む家族だろ？　ここにいる全員、誰一人として迷惑をかけられたなんて思ってねえよ」

なあ？　と、左右に目線を向ける怜賢に皆が頷く。その瞬間、堪えていた涙が一気にあふれ出た。視界がぼやけて皆の顔を直視することが出来ない。

「ただ……皆お前が抜けて大変なのは事実。ちゃんとその分、あとで返してもらうから、しっかり精進しろよ」

「マー」

怜賢の言葉に被せるようにダイコクが鳴いた。あいかわらず先輩づらをしているようだ。典弘は袖で涙を拭い去ると、皆に向かって顔を上げ、「はいっ」と大きく返事をした。

皆の背中に、この日一番強い夕陽が射している。それはまるで、お釈迦様の後光のように優しくも神々しい光に見えた。

今は未熟でも、いつかきっと立派な僧侶になって返します——そう心に誓い、典弘は皆に向かってそっと両手を合わせた。

「導師様のご入場です。皆さま合掌でお迎えください」

司会者の声で、安田カヨ子の通夜が開始した。多くの花で彩られたセレモニー会場が静寂に包まれる。パイプ椅子に腰掛けた参列者全員の顔が、一斉に入り口へと向けられた。

扉が開き、誘導する僧侶の鐘の音色とともに、頭を下げる参列者の中央を照玄は静かに歩きだした。

特別衣となる朱色の大衣に、金の刺繍で鳳凰が描かれた袈裟。そして導師の象徴でもある先のとがった帽子、立帽子《たてもうす》を被り、手には如意《にょい》と呼ばれる細長い棒を持っている。神妙な面持ちでゆっくりと歩いていくその姿は、参列者の目には神秘的に映っていることだろう。

正面には、無数の花が敷き詰められた祭壇が組まれている。その祭壇を一望した照玄は、誰にもわからないように少しだけ口角を持ち上げた。

色とりどりの花の中に、鮮やかな赤紫色をしたタチアザミが所々に生けられていたのだ。お主たちが用意したのだな……と、照玄は祭壇脇に立つ三人に柔らかな目線を向けた。

和也と美香は、目を伏せながら静かに頭を下げている。その横で隆弘が酷く泣いているが、それでも背を正してきちんと両手を合わせるその姿から、改心の意が見えた。きっと彼も、きちんと罪を償うつもりなのだろう。

正直、美香の様子が少しだけ気になっていた。あれから、大場が逮捕されたことを耳にした彼女は酷く取り乱し、しばらく仏壇部屋から出てこなくなったらしい。

それもそうだ。ここ数日の間に、彼女の中で大きな存在だった二人と一気に別れを告げることになったのだ。その心中は、他の誰かがどうこう出来るほど簡単なものではないはず。

このままでは、葬儀に参加することも出来ないのではないかと思っていたのだが、あの様子だと彼女の中で一つの踏ん切りをつけてきたようだ。

ひょっとしたら仏壇を前にして、カヨ子と心の会話を交わしたのかもしれない。結婚を反対していたカヨ子の心理を理解し、心の整理をしたのかもしれない。

いずれにしても、美香は悲しみを乗り越えて一歩前に踏みだした。きっと彼女は強くなる。そしてカヨ子の遺志を継ぎ、思いやりのある大人の女性へと成長することだろう。こうして、皆の前に堂々と立っているのがその証拠だ。

それもこれも、全てはあなたの行いですよ……と、照玄は祭壇中央に飾られた遺影に目を向けた。目尻にシワを寄せて、優しく微笑むカヨ子の姿が写っている。

葬儀を見れば、生前のその人の行いがよくわかる。

カヨ子のために集まった人の数はゆうに百を超え、用意されていた椅子の数では足らずに会場の外まで列が出来ていた。彼女の人望の厚さが参列者の数に表れている。

照玄は、彼女の遺影に歩み寄り焼香台の前に立った。

両手を合わせて頭を下げると、大衣の袖から小さな木箱を取り出した。蓋を開けて、中に入っている香の葉を指でつまみ上げると、額に当てて目の前の焼香台にそれを落としていく。ゆらゆらと香の煙が立ち上り、フッと空中に消えていった。

どうか安らかに……。

照玄は両手を合わせて用意した位牌に目を向けた。白木の位牌が遺影の下に置いてある。そこに記された戒名を心の中で読みあげた。

【浄心院慈縁妙華大姉《じょうしんいんじえんみょうけだいし》】

それは、こころ浄《きよ》らかに家族を慈しみ、花を愛した、彼女にふさわしい位の高い戒名だった。

了

SH-011
テルテル坊主《ぼうず》の奇妙《きみょう》な過去帳《かこちょう》

2017年1月25日　第一刷発行

著者　江崎双六《えざきすごろく》
発行者　日向晶
編集　株式会社メディアソフト
〒110-0016
東京都台東区台東4-27-5
TEL：03-5688-3510（代表）/ FAX：03-5688-3512
http://www.media-soft.biz/
発行　株式会社三交社
〒110-0016
東京都台東区台東4-20-9　大仙柴田ビル2階
TEL：03-5826-4424 / FAX：03-5826-4425
http://www.sanko-sha.com/

印刷　中央精版印刷株式会社
カバーデザイン　岡本歌織（next door design）
組版　大塚雅章（softmachine）
編集者　長谷川三希子（株式会社メディアソフト）
川武當志乃、福谷優季代（株式会社メディアソフト）

ISBN 978-4-87919-189-2

青い桜と千年きつね
戌井猫太郎
NEKOTARO INUI
SKYHIGH文庫